전문 시낭송 교실

신승희 시낭송 이론과 실제

여현 신승희

▶ 시인.
▶ 시 낭송가, 전문시낭송 지도강사
▶ 시집 『어머니의 강』『바람의 언덕에서』
▶ 교본 『전문 시 낭송 교실』
▶ (사)한국명시낭송가협회 중앙회 이사장
▶ (교육부)전문 시 낭송 민간자격증 등록기관
▶ 경상남도 교육연수원(특수분야) 직무연수 지정기관
▶ 시 사랑 전국 시 낭송 경연 대회(심위 및 주관인)
▶ 시 낭송 가을 콘서트〈종합예술 공연〉주관인
▶ 전문 시 낭송 교실 소리예술 문화연구원장
▶ 영남대학교 사회교육원 시 낭송 지도 강사역임
▶ 현충일 추모 헌시 제56회-62회 낭독
▶ 위대한 한국인 대상/신사임당 문화예술 아카데미상
▶ 올해의 신춘 작가상
▶ 전문 시 낭송 지도사 자격증 1년 과정 지속 배출
▶ 시 낭송 CD 詩의 풀밭을 걸으며 1~4집
▶ 시 낭송 영상작품 100편
▶ 한국 시 낭송 전국 연합회 총회장 역임
▶ (사)한국문인협회 경남 진해문인협회(현)지부장
▶ (사)현대미술 문인화 초대 작가
▶ 『경남 통영 출생』『경남대학교 행정대학원 최고위 과정수료』

전문 시낭송 교실

신증희 지음

 사단법인 한국명시낭송가협회
소리예술 신승의문화연구원
교육부 전문시낭송 민간자격증기관
경상남도교육연수원 특수분야 직무연수 지정기관

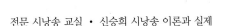

길이 있어도 가보지 않고는 길이라고 말할 수 없다.

곁에 명시집을 아무리 쌓아두어도,

읽어보지 않고는 명시집이라고 말할 수 없다.

읽어보아야 진정, 명시집인 줄 안다.

누구나 노래는 부를 수 있지만 그렇다고 다 가수는 아니다.

시 낭송 역시 읊어 댄다고 시 낭송가는 아니다.

적어도 음성언어 소리 예술가는 시의 영혼을 일으켜 세울 줄 아는

소리 연기자로서 노래 가(歌)를 붙여 시 낭송가라고 감히 말할 수 있을 것이다

체험적 깨달음을 얻지 않고는 소리에 거듭된 연구가 나올 수 없다.

자기만의 철학과 시사랑이 없이는

소리 예술의 핵심 가치관을 끌어내기 어렵다고 본다.

지속적 소리 예술의 탐구와 촉촉한 정신적 세계관이 낭송가에게는 필요하다.

무미건조한 낭송보다는 언어의 마음을 담아낼 줄 아는 낭송이 예술이다.

전문 시 낭송가로서 음성언어 소리 예술 활동을 하고자 하는 자는

필히 전문 과정을 밟아야 원숙한 시 낭송가가 될 수 있음을 권장한다.

시 낭송을 하고자 하는 분께 전문 시 낭송 이론집이 도움이 되었으면 한다.

사람은 누구나 처음부터 시인이 아니고 시 낭송가도 아니다.

많은 비결을 거쳐 깨달음을 통하여 얻게 되는 그 무엇이 무엇일까?

세월과 함께 가다 보면 시간과 세월이 말해주는 것이다.

지속적 시 사랑과 끊임없는 소리 연구 결과의 열매인 것이다.

한그루 사과나무의 사과가 맛을 내기까지는 붉게 익어야 하듯이

음성언어 소리 예술로 익기까지는 봄에 꽃이 피어 가을에 붉게 익는 사과처럼

단계적으로 하나, 하나, 내공을 쌓으며 차분하게 익어갈 필요가 있다.

칭찬에 약하지 말며 늘 낮은 자세로 자신을 다듬고 다듬어야

거문고의 음률처럼 매화의 향기처럼 감동을 주는 향기 나는

음성언어 소리 예술가로 아름답게 피어날 것이라고 본다.

여현 신승희

신승희 詩 낭송세계
SHIN SEUNGHEE / IN THE HILLS OF THE WIND

SHIN SEUNGHEE

| 詩의 풀밭을 걸으며 |

SHIN SEUNGHUI / IN THE HILLS OF THE WIND

IN THE HILLS OF THE WIND

CONTENTS

1교실 | 전문 詩 낭송 자격증 과정

2교실 | 문학의 한 갈래

3교실 | 축시와 헌시獻詩

4교실 | 시 낭송의 무대 환경

5교실 | 명시 탐구 명시 낭송

6교실 | 시의 유형과 특징 소리 예술의 힘! 무대

전문 詩 낭송 자격증 과정

전문 詩 낭송 자격증 과정

(ㄱ) 시 낭송 이론과 실제 무대체험을 한다

(ㄴ) 무 영상 녹음과 실제 영상 녹음 분석을 한다

(ㄷ) 작품 100% 단계적 설정과 전문지도사 스피치 시간을 자주 갖는다

(ㄹ) 시제 선택, 의상과 시의 매치, 분석하기 위해 실전에 임한다

(ㅁ) 가슴의 소리와 목의 소리 분석으로 진정성을 알아낸다

(ㅂ) 발음, 억양, 평행 및 사투리 가성, 감정(정비, 그 이유)

(ㅅ) 독송, 합송, 시극, 퍼포먼스, 공연 범위에 따라 실제를 접한다

(ㅇ) 단전 복식호흡으로 심청 깊은 소리 연구, 분석을 한다

(ㅈ) 부적절한 발음 체크와 자신의 목소리 분석을 한다

(ㅊ) 호흡과 리듬, 고저장단, 시의 색감 이미지 분석을 한다

(ㅋ) 음양의 기법 목과 가슴을 동시에 넘나드는 호흡법 단련을 한다

(ㅌ) 반드시 호흡으로 시의 운율을 타는 법을 익힌다.

(ㅍ) 소리의 파장을 연구하여 허공을 비상하는 새의 기법을 익힌다.

(ㅎ) 음성언어 소리 예술 지도사로서 전문 인정을 받을 때까지 정비한다.

◈ 전문 시 낭송 자격증 시험

1. 이론 : 50문제 100점 - 60점 통과
2. 실제 : 암송 시 30편 - 17편 통과

자격증
종목 : 문예 교육 지도사
전공 : 전문 시 낭송 1급 자격증
합격 후 : 자격증과 본 기관 협회 배지가 나갑니다.

(ㄱ) 표절은 금지

(ㄴ) 데뷔작품 10편(녹음) 외(유튜브 영상제작)

(ㄷ) 작품 CD 본인 원할 경우 〈별도 제작 가능〉

시 낭송이란 무엇인가?

문자 언어예술에서 음성언어 소리 예술로 승화된 시 낭송은 시인의 가슴을 대변하는 음성언어의 꽃이오. 영혼의 날개이다. 나아가 정신적 세계관에 산소를 줌으로써 언어 소리 예술의 정화작용의 매력을 느낀다.

특히 자유시의 생명은 내재율의 확보, 언어의 구체화라고 할 수 있기 때문에 낭송가의 음질과 음색에 따라 차이가 있는 것 또한 사실이다.

시의 정서나 사상, 운율을 지닌 함축적 언어, 그 함축적 언어로 표현한 문학의 한 갈래이지만 시 낭송이야말로 정신적 세계관에 피톤치드 같은 산소 역할뿐만 아니라 음성언어 소리 예술의 한 장르로서 대중화되고 있다.

어느 시인은 우리 겨레는 시로 해가 뜨고 시로 달이 지는 겨레라고 말했다. 우리가 살아가는 현대 모던 일상의 삶, 사물의 비유 언어로 표현하면 그것이 시였다. 뜨는 해, 지는 달, 피는 꽃, 풀벌레 소리, 밭 가는 소, 짖는 개, 어느 하나 시로 읊어내지 않는 것이 없다.

우리 겨레는 말이 있고부터 시가 있었으며 글자로 쓰이기 전에 먼저 소리 내어 가락과 장단에 맞춰 외웠을 것이다. 문자를 알면서 서민들도 감정이 표현되었고 그것은 구전으로 전해오고 있는 사례들을 보면 알 수 있다.

음풍농월이란? 말에서(吟) 음 자의 뜻이 읊다인 것도, 시는 글자로 쓰기 전에 먼저 소리 내어 읊었음을 알려 준다. 고려의 승려이자 학자인 일연의 삼국유사에 실린 향가나, 삼국시대 여옥이 지었다는, 공무도하가 등도 구전이 먼저였을 것이다.

고려 말기 정몽주의 '단심가', 이방원의 '하여가' 등 고려 가사의 많은 것들, 그리고 오늘날에 와서 판소리로 불리는 춘향가, 심청가는 장편 서사시로 모두 입에서 입으로 전해진 낭송시라고 볼 수 있다. 흥부가, 춘향가, 심청가는 문자에 의해서 전해진 것보다 애절한 가락을 들으며 빈부와 귀천을 가리지 않고 너나없이 읊어져서 사랑방 이야기로, 마을 이야기꾼의 낭랑한 소리로 서민들의 사랑채에서 더욱 가슴을 지어 짰던 것으로 전해져 오고 있다. 가끔 고된 농무를 자기만의 생각과 느낌으로 고저장단을 넣어 구성지게 부르시던 농경시대를 살다간 친정어머님의 노랫가락을 가끔 필자는 기억하고 있다.

쑥대머리로 시작해서 "한 많은 이 세상 야속한 임아" 또한 당신의 설움을 작사 작곡해서 마음대로 부르신다. 밭에 나가 지심을 맬 때도 베틀에 앉아 삼베를 짤 때도 베틀 소리와 박자를 맞추면서 찰카닥찰카닥, 세월아 네월아 가지를 마라 아까운 내 청춘 다 늙어간다. 시디 음반처럼, 아직도 떠올리면 귓가에 재생된다.

이것이 오늘날의 서사시 유래의 한 가닥을 필자는 어릴 때부터 듣고 자랐는지도 모른다. 이렇듯 우리 겨레의 시 낭송 문화는 시를 비롯한 언어예술의 찬란한 개화를 이루게 되었다고 본다. 시가 없으면 어찌 낭송이 있겠는가?
아무리 좋은 시라고 할지라도 책 속에 누워 있으면 죽은 나무와 같고, 겨울날의 나목처럼 앙상하게 보인다. 소리를 넣어 줌으로써 녹색 잎 무성한 살아있는 나무와 같다. 반드시 생명력 있는 살아있는 낭송을 해야 한다.

시를 '읽는다'와 '외우다', '읊는다'는 것은 각기 다르다.
한자로 풀이해도 시 낭송(朗誦)의 낭 자는 높은 소리로 또랑또랑할 랑이고 송은 외일 송이다. 낭송은 글자의 뜻대로만 풀이해도 높은 소리로 '또랑또랑'하게 외우는 것이다. 하여 시의 꽃을 피워나게 하는 것은 소리꾼이 노래를 부르는 것처럼, 시를 목소리에 실어 독창적인 해석과 가락으로 듣는 이로 하여금 시적 감동을 받게 하는 것이 낭송자의 몫이요. 소리 예술이 갖는 시 낭송의 향기이다.

현대에 와서 시집 출판이 무성하다. 또한 신문, 잡지 등 인쇄 매체에서도 시가 게재되고 있지만 천근의 책보다 한 편의 시 낭송이 효율적이라는 시인도 적지 않다. 그것은 유튜브 공간에서 시 감상의 독자층이 매우 넓어지고 있기 때문이다.
그러나 활자를 통한 시 읽기는, 읽는 이의 상상력과 독자적 이해만으로 전달되어 넓은 다중의 동시적 공감대를 갖지 못하는 반면 시 낭송은 낭송자의 독창적 해석과 감정이입, 그리고 성량의 조절에 의하여 시각이 아닌 청각의 전달로 동시적으로 다중을 사로잡을 수 있는 것이 음성언어 소리 예술의 핵심 가치인 것이다. 또한, 함축된 시의 내면의 세계를 소리로써 시인의 마음을 대변하는 동시, 성인뿐만 아니라 자라나는 꿈나무들에게 인성 교육은 물론 국민 정서함양에 미치는 인문학적 산소 역할이 크다고 볼 수 있다.

한국문인화와 詩 낭송

누구나 태어나면서 사람은 시적인 구조인지도 모른다.

한국문인화와 음성언어 소리 예술의 시 낭송! 참 많은 공통점을 보유하고 있다.

어느 날부터 시 낭송의 구조가 문인화와 너무도 일치함을 깨달았다.

아니 모든 예술의 원리는 다 공통점이 있다는 것이다.

한국문인화의 여백과 원근 거리가 필요하듯이 시 낭송에도 여백과 강약이 필요하다.

그림에도 물감이 있어야 사물을 나타내듯이 시 낭송에 있어 호흡은 시제의 생명이니만큼 그림에서처럼 물감 역할을 한다.

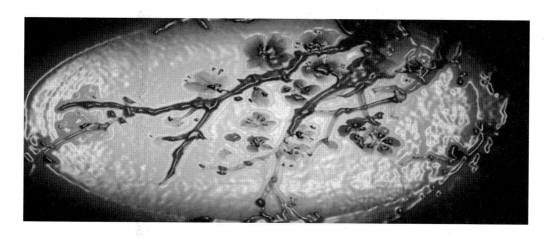

한국문인화를 알면 시 낭송을 이해하기 쉽고, 호흡으로 시의 음률을 탈 줄 알면 이미 그 낭송자는, 음률을 아는 득음을 한 사람이라고도 볼 수 있다.

시 낭송의 본질을 알게 되면 한국문인화의 매력, 나아가 시 낭송의 음표 없는 언어예술의 매력을 누구나 몸소 느낄 수 있으리라고 생각해 본다.

시를 읽고 그 시제가 가슴에 와 닿으면 한 번쯤 읊어보는 것이 또한 정신세계에 미치는 피톤치드 같은 맑은 산소를 마시는 것과 같다고 본다.

시 낭송으로 하여금 영혼을 일깨우는 정화작용은 정신과 육신을 맑게 하는 만큼 힐링의 시간이 아닐 수 없다. 옛말에, 서당 개 삼 년이면 풍월 읊는다는 말처럼, 읊다 보면 시간과 세월이 말해준다.

누구나가 다 처음부터 시인이 아니고 시 낭송가가 아니다. 오늘날 많은 시 낭송 작품들을 영상과 함께 PC 화면에서 만나면 느끼는 것은 무엇일까?

'시와 낭송, 배경음악, 삼위일체 되었을 때' 시는, 살과 피가 도는 하나의 살아있는 영혼으로 때론 따뜻하게 다가와 많은 사람과 공유하고 있다.

예부터 우리 조상들은 모든 것이 시였다.

원초적 본능처럼 읊조리며, 사물과 함께 슬픈 날도 기쁜 날도, 읊어 오던 것이 창이 되고 그 가락들은 저절로 민중들 사이에서 민요가 탄생되었다고 보고 있다. 현대 역시 시대적 아픔, 슬픔, 기쁨, 환희를 노래하는 삶의 표현, 가요 역시도 얼마나 빠른 템포로 흐르고 있는가.

힘들고 어렵던 한 많은 세월 속에서도 예로부터 우리 조상들은, 농경시대 삶의 애환을 곡 아닌 곡으로 호미 들고 읊으며 가난을 달래며 살아왔으리라.

이것이 구전으로 내려오면서 지역마다 아리랑뿐만 아니라 한시를, 비롯해 여러 갈래의 서정적 서사시들이 많은 소리의 창을 낳았다고 본다.

낭송 또한 그 낭송자에 따라 한 편의 시가 천차만별의 색깔을 가지고 태어난다. 작가의 그림을 여기 담은 것은, 똑같은 그림인데도 사진에 따라서 여러 가지 형태로 표출할 수 있듯이, 시 낭송 역시 누가 어떻게 표출하느냐에 따라 달라질 수 있기 때문이다.

낭송가의 음색, 낭송가의 음질, 낭송가의 음의 폭에 따라 강, 약 또는 완급과 얼마만큼 육화시켜 녹여내느냐에 따라서 시는 날개를 펼친다.

하여 시의 날개를 다는 것은 낭송가의 몫이다.

어떤 색깔의 목소리로 어떤 색깔의 날개를 달아야 할지는 각각 개인의 차이다.

느리고 빠르기를 반복하며 언어는 그 호흡을 타고 풀포기처럼 한 포기 두 포기 리듬을 타고 정확한 발음으로 또랑또랑 살아나야 할 것이다.

그리하여 듣는 이의 청각에서는 가슴으로 감동의 파장을 보낸다.

배우들이 몸으로 연기하듯 낭송자는 가슴으로 연기하는 음성언어 소리 예술가이다. 하나의 시제에 그림을 영상이라고 본다면, 뒷받침해 주는 것은 배경음악이다. 배경음악은 무형적 마음을 대신해 주는 입장이고 보면 영상작가는 시제와 배합이 잘 되는 배경적 양념을 써야 할 것이라고 필자는 말하고 싶다.

오늘날에 있어 누구나 우리의 손에는 작은 PC를 들고 다닌다.

한편의 영상 작품을 만들기 위해 저작권은 물론, 많은 고심을 하면서 하나의 영상 작품이 탄생하는 것을, 당연한 것처럼 너무 쉽게 생각하여서는 아니 될 것이다.

시제를 표현하는 그림, 시와 어울리는 배경음악, 그리고 낭송, 이 세 가지가 어우러졌을 때, 비로소 詩는 하나의 영혼으로 일어선다.

이것이 소리 예술이 갖는 음성언어의 향연이고 보면 한 편의 시는, 아기의 울음처럼 탄생하여 유튜브 전파를 타고 흐르고 있는 것이다.

하여 우리 고유의 서정적 풍경 속에 낭송을 집어넣고 음악으로 양념을 곁들인 영상들을 보는 것과 같이 문인화에 있어 종이, 비단, 붓, 먹, 채색 등, 문인화의 전통적인 재료와 기법 및 이론에 의해 그려진 그림이나, 시 낭송에 있어 표기 부호, 띄어쓰기, 연과 연, 사이 쉬어가는 것과 다를 바가 없다.

하여 예술의 원리는 하나다. 오늘날 현대인은 거리에서, 산에서, 걸어 다니면서 다음이나, 네이버, 사이트를 통하여 손의 작은 PC에서도 모든 방송을 접할 수 있으며, 유튜브로 하여금 아름다운 영상과 함께 시 낭송을 들을 수 있는 최첨단 스마트 시대, 우리는 함께 걸어가고 있다.

동양화 − 한국화로

또한, 서양화의 대칭으로서 조선 말기까지 글씨와 함께 서화로 지칭되어온 한국의 전통 그림, 유입된 서양화와 구분하기 위해서 붙인 동양화 이름이라고 한다. 하여 동양화에서 현재 한국화로 불린 우리의 그림에는 낭송과 많은 공통점을 가지고 있다.

작가는 문인화 작가로서 동양화 아니 한국화의 발자취를 시 낭송 교실에 적용하는 것은 '예술의 원리는 하나다'는 것을 말해주고 싶어서이다.

동양화, 1920년경부터 쓰이기 시작했으며 공식적인 사용은 1922년 조선총독부 주최 제 1회 조선 미술 전람회에서 제1부를 '동양화부'로 부르면서부터였다고 한다. 1945년 해방 후에도 대한민국미술전람회에서 이 명칭을 그대로 사용함으로써 일반화되었다고 한다.

그러나 1970년경에 이르러 이 용어가 전통 회화의 독립성을 고려하지 않고 일제강점기에 타율적으로 붙여진 명칭이라는 비판을 받게 되면서 1980년대부터 공식적으로 동양화 대신 오늘날에서는 한국화로 부르고 있다.

시의 날개를 펼쳐라 / 신승희

시로 해가 뜨고 시로 해가 지는 것도
모자라 아예 시를 베고 잔다.
물을 먹는 하마보다 더한 갈증으로
읊어도, 읊어도 채워지지 않는 것이
시 낭송의 굴레이다
계절이 오갈 때마다 계절의 시를 안고
노래한다. 눕히고, 앉히고, 분석하고,
펜을 들고 신음하는 모니터 앞에서
흰 가운의 주인공처럼 시를 해부한다.

시라는 문패마다 설움도 갖가지
삶의 노래도 갖가지다
어느 곳을 절개하고 어느 곳을 꿰맬 것인가
나목처럼 책 속에 누워있는 이 앙상한 영혼들에게
어떤 색깔의 생명을 불어넣고
어떤 색깔의 꽃으로 피어나게 하고
어떤 색깔의 날개로 저 창공을 날게 할 것인가
검은 눈동자처럼 바라보는 음표도 없는 이 묵언들을
하나의 꽃으로 피어나기까지
하나의 날개를 달 때까지
하나의 영혼으로 일어서기까지
오늘도 시로 해가 뜨고, 시로 해가 진다.

시 낭송 입문 실행단계

(1) 단계별 이해

  1. 묵독 – 눈과 마음으로 이해하는 단계

  2. 작품 분석 – 시대적 배경과 내재율

  3. 시속에 담긴 – 시의 세계 바로 알기

  4. 주제와 의미 – 시인의 심리 유추

  5. 음독 단계 – 소리 내어 읽기

  6. 연과 연의 흐름 – 행과 행의 고리 묵언의 음표 타기

  7. 표기 부호를 설정하고 – 정확한 발음으로 암송 연습

  8. 시의 주제와 사상 – 삶의 궤적과 연결 짓기

  9. 고 저 장단음과 – 가성 없는 울림의 소리 찾기

  10. 발음 잘되지 않는 부분 체크 – 정비하기

  11. 띄어 읽기와 – 호흡으로 음률 타기

  12. 암송 단계 – 시제를 보지 않고 낭송하기

(2) 발성 호흡훈련

안면 근육 스트레칭.

입술 풀기, 단전에 두 손을 얹고 '마' 큰소리로 발성

  ㄱ. 낭독 단계 ⇨ 암송 단계 ⇨ 호흡 타기 ⇨ 시의 느낌 표현해보기

  ㄴ. 고저 강약, 속도와 포즈, 리듬, 어조, 억양, 감정 넣고 빼고, 빠르고 여리게,
     클라이맥스 살리기, 녹음 들어보기, 수정하기

(3) 시 낭송 무대 단계적 실행

  ㄱ. 암송 ⇨ 실행 ⇨ (시, 배경음악, 낭송) ⇨ 삼위일체

  ㄴ. 거울 앞에서 – 자세, 눈의 시선, 표정, 필요한 제스처, 의상, 마이크 사용, 담력 기르기

⑷ 대회용 시 선택 요령

시 선택은 절반의 성공이다, 무엇보다 자신 있게, 할 수 있는 시 선택

  ㄱ. 대회용 시로써 자신의 목소리로 녹여낼 수 있는지 고려할 것

  ㄴ. 좋은 시를 고를 줄 아는 안목, 시 낭송가가 되는 필수조건

  ㄷ. 작품성이 높은 시일수록 깊은 울림의 낭송이 될 수 있다.

  ㄹ. 이해하기 쉽고 들어서 분명한 시가 좋다.

  ㅁ. 청중의 정황이나 상황을 쉽게 상상하고 이해할 수 있어 공감대가 형성될 수 있는 시

  ㅂ. 시의 전개가 점층법[漸層法]으로 구성되어 있어 효과를 높일 수 있는 시

  ㅅ. 되도록이면 남이 하지 않은 새로운 시 발굴하기

  ㅇ. 연령, 성별 정서를 잘 표현할 수 있는 시

  ㅈ. 본인 음성의 음량, 음의 폭, 음색에 맞는 시

  ㅊ. 노래로 나와 있는 시는 삼가

  ㅋ. 성인 대회 시의 길이는 약 3분～ 4분 정도가 가장 적합.

  ㅌ. 어린이 대회는 별도 초·중까지

시 낭송의 점검

◆ 기본

⑴ 제목과 이름

⑵ 이름과 본문 사이

⑶ 음표 : 제목은 '솔'에서

⑷ 음표 : 이름은 '파'에서

⑸ 제목과 이름 사이 – 여백 6초 정도

⑹ 이름과 본문 사이 – 7초 이상 시의 따라 조율 여백이 필요하다.

⑺ 낭송자의 입술은 가슴에 있어야 한다.
   첫 줄을 잘 읊어야 전체의 흐름이 산다.

⑻ 자신의 지나친 감정에 운율과 시를 맞추는 것은 버려야 한다.

⑼ 시의 색깔을 먼저 파악하고 시대적 배경, 가을을 담을 것인지 겨울을 담을 것인지
   아니면 여름을 담을 것인지. 소리분석

⑽ 음률을 설정하고, 가성과 지나친 감정이입은 역효과이므로 겉으로 잘 드러나진
   않지만, 시제가 품고 있는 내재율을 잘 살려서 시인의 가슴을 대변해야 한다.

⑾ 충분한 시제 연구와 시의 색깔 선택이 중요하므로 반드시 호흡을 타는 표기 부호
   설정을 해놓고 연습에 임하는 것이 올바른 방법이다.

⑿ 또한 행과 행, 한 호흡에 갈 부분과 쉬었다 갈 부분, 시제의 따라 반드시 여백이
   필요, 반 호흡 마시고 들어가기, 단락을 끊지 않도록 한다. 무조건 단락을 자주
   끊으면 시의 맥이 끊어지고 또한 자주 끊게 되면 목소리의 음색이 곱지 않다.
   가슴 깊은 곳에서 감정의 흐름이 솟아나야 한다.

⒀ 낭송가는 물결처럼, 마치 파도를 타듯 술렁술렁 호흡을 타고 나가야 만이 음의폭과
   파장을 몰고 갈 수 있다. 전체적인 자세, 표정, 그리고 낭송의 전개가 자연스러운지,
   점검해 보는 것이 중요하다.

(14) 듣기 좋은 낭송이 좋은 낭송이다.

시 낭송 가는 한국화와 같은 우아한 멋스러움과 매화 향기 같은 소리의 향기는 물론, 거문고 소리 같은 애잔함도 풀어낼 줄 알아야 한다.

그것은 단전과 가슴, 능동부를 넘나들 수 있는 심층의 소리를 낼 수 있어야 한다.

듣는 이로 하여금 그 청각을 통해 상대방의 가슴에 파장을 불어 넣을 수 있는지 칭찬에 약하지 말며, 자신을 더욱 낮은 자세에서 점검할 줄 아는 사람은 훌륭한 낭송가가 될 수 있다고 본다.

(15) 음성언어 소리 예술가로서 마지막 점검 검토하기

ㄱ. 들리지 않는 발음은 없는지,

ㄴ. 정확하지 않은 발음은 없는지

ㄷ. 제스처가 어색하지 않은지

ㄹ. 가슴으로 낭송하는지 변화를 잘 살리고 있는지,

ㅁ. 똑같은 어조는 식상하므로 말맛을 살리되 시의 이해가 충실한지.

ㅂ. 소리, 눈빛, 포즈는 어떠한지 울림은 크게 하되 지나치지 않고 담담하되 맹물 같지 않게 하는지, 암송은 잘되고 있는지,

ㅅ. 사군자그림처럼 여백은 충분히 두고 가는지 등 지도사 과정, 입문한 시 낭송자들은 참고하기 바란다.

시 낭송 유래와 오늘

태조 이성계가 고려를 멸하고 조선이라는 나라를 세운 역사 속에는 당대의 문아(文雅) 한 선비들이 많이 나와 시로써 서로 소통하며 경치 좋은 곳을 찾아다니면서 유흥하는 데에서 시작하여 시회(시 낭송회)를 열었으며 먼저 시상(詩想)을 떠올려 작품을 만들었고 서로 시제를 돌려가며 낭송하던 것이 점점 발전하여 세종 때 이르러 집현전을 창건하고 당대의 문사(시인)를 많이 모아 문화 사업을 벌였고, 그들 문인들은 어명에 따라 여러 가지 서적을 편찬하였다고 한다.

세종 32년(1450) 정월, 명나라의 사신 시강, 예겸, 사마순 등이 한강에 나가 선유하며 우리 조선의 학자들과 시회를 열었는데 이때 명나라 사신, 예겸은 유한강(遊漢江)이라는 제목으로 시를 지었다.

조선의 정인지와 한성판윤, 김 하, 신숙주, 성삼문, 이계전, 허후 등이었는데 명나라 예겸의 작품을 능가하였다고 한다.

특히 김하는, 중국어를 잘하여 직접 언어로써 예겸에게 필시 하지 않고 소통하였으며 신숙주도 중국어를 잘했던 것으로 알려져 있다.

이러한 관계로 명나라 예겸은 신숙주, 성삼문, 김하 등 세 사람과 매우 각별한 사이가 되었다. 그래서 이들은 한운(漢韻)에 대해 토론도 하며 더욱더 폭넓은 문답을 하였다. 하여 이른 봄의 맑고 깨끗한 경치를 만끽하며 명나라 사신은 이러한 경치를 보고 이 나라의 경치가 좋아 좋은 시가 저절로 나온다며 조선의 경치를 극찬하기도 했다고 한다.

그리고 또, 배를 하류로 몰고 가서 양화도에 이르러 그곳의 절경을 감상하며 시를 지었는데 명나라 예겸은 조선의 신숙주, 성삼문의 시에 매혹되어 매우 감탄하며 의형제의 倚까지 맺는 관계로 발전하였다고 전해지고 있다.

그 후에도 태복승(太僕丞) 김식(金湜)과 중서사인(中書舍人) 장성(張城)이 들어와서 대당의 문사(文士) 조선의 신숙주, 김수온, 이승소, 서거정, 김수녕 등과 시회를 열었다. 그런데

김식은 그림을 잘 그려 그가 그린, 그림을 장식하여 왕에게 바쳤다고 한다. 즉 국가에서 명나라 사람들과 시회를 열어준 셈이다. 또한 그 후에도 우리 조선의 학자들과 시로써 서로 교류하며 소통하였다. 그리고 우리의 문사들은 그들과의 시를 황화집(皇華集)이라 하여 출판해서 나누어 가진 기록이 전해져오고 있다. 모두 문우로서 양국 사이에 크게 호감과 호평을 받은 이러한 시회야말로 국제적인 교류에 있어 성공한 외교정책이라 하지 않을 수 없다.

또한 안평대군은 세종의 왕자로서 학문을 좋아하였으며 시문을 잘 짓고서 이름을 크게 떨쳤고, 그림, 거문고 등 악기를 다루는 솜씨도 뛰어나 다재다예한 인물로 오늘날 평가받고 있으며 세검정 근처에 무이 정사(武夷精舍)를 지었고 또 마포 부근에 담담정(淡淡亭)을 지어 정자에 서적 수만 권을 소장해 두고 글 잘하는 문사를 청하여 유명한 십이경시 사십팔영등을 만들어 자랑삼아 서재에 걸어 두었으며 배를 타고 선유하며 풍류 생활을 하였고 시인들과 시회를 자주 열어 당대의 명류들이 그와 어울렸다고 한다.

이처럼 시구를 서로 음미하여 주배(酒盃)를 기울이며, 글을 배운 사람들의 활달한 일면을 시로써 나타내기도 하고, 때로는 시를 지어 모아두어 문집을 만드는 데 썼으며, 문치를 주로 하는 조선왕조에서 시를 배운 사람들이 많이 나오게 되어 더욱 운치 있는 생활을 누렸고 그중에도 여기저기 산수가 아름다워 시상이 솟아나는 곳에는 항상 시회가 이어지는 그야말로 태평세월을 누렸으며 이들의 뒤에는 언제나 화공들이 있어서 시회에 참석한 인물들을 그림으로 남겼는데, 오늘날 이 그림을 시회도라 한다. 조선 중기까지는 같은 문인들이 친목을 도모하기 위해 시 서화로 교류하는 습속이 성행했고 그 장면을 그린 조선 시대에 유행했던 관료들의 많은 계회(契會)도 들이 전해지고 있다.

이러한 시회도 들은 시회에서 창작된 시문(詩文)과 함께 서화첩으로 꾸며졌으며 또한, 대표적인 작품으로는 조선 영조 때의 화가 김홍도의 작품으로는 〈소림 명월도(疏林明月圖)〉 등 여러 작품이 있으며 조선 말기 화가 이인문의 강산 무진도 등의 산수화 그림을 충북 음성군 대소면 한독 의약 박물관 소장하고 있으며 또한, 강세황의 〈정승집도〉, 홍필우의 〈오노도 五老圖〉 등 다수(개인소장)로 전해져 오고 있다고 한다.

태종 이방원의 하여가(何如歌)

이런들 어떠하리 저런들 어떠하리
만수산 드렁칡이 얽혀진들 어떠하리
우리도 이같이 얽혀 백 년까지 누리리라

포은 정몽주의 단심가(丹心歌)

이 몸이 죽고 죽어 일백 번 고쳐 죽어
백골이 진토 되어 넋이라도 있고 없고
임 향한 일편단심이야 가실 줄이 있으랴.

※ 고려 말기 이방원과 정몽주의 시조 하여가와 단심가를 보면 서로 상반되는 관계를 알 수 있다.
서로가 함께할 수 없는 사이임을 한 편의 시로서 확인하듯이, 한 편의 문장 속에는 그 사람의 인격은
물론 사상까지도 들어있다.

필자는 문인화를 비롯하여 시를 쓰고 시 낭송을 지도하는 사람으로서 옛 선조들의 정형
시 전통성과 21세기를 살아가는 현시점에서 시 사랑을 분석해본다면 별 차이가 없다고
생각한다.

지역마다 문학상이 있고, 해마다. 백일장과 시화전을 개최하고 있으며 시 낭송 또한 전국
대회는 물론, 나날이 상생하며 대중화되어가고 있다.

하여 뿌리 깊은 나무처럼 우리는 예나 지금이나 문장을 지니고 문학을 사랑하는 것은 조
선의 피가 흐르고 있기 때문이 아니겠는가.

그뿐만 아니라 언어예술에서 음성 소리 예술의 시 낭송이야말로 시의 가치관을 한층 더
업그레이드해줌으로써 시 낭송은 시의 꽃이요 시의 날개이며 치유라는 정신적 산소까지
도모하고 있다는 것을 우린 부정할 수 없다.

우리는 조선 시대의 맥을 이어 현 스마트 시대를 지금 함께 걸어가고 있는 것이다. 오늘
날에 있어 시 낭송은 우리의 소중한 옛 문화유산이요, 삶의 가치이다. '서'와 '예' 언어예
술에서 음성언어 소리 예술로서의 이 땅에 뿌리내린 시와 낭송! 조선 시대의 발자취를 생
각해 본다.

시 낭송을 어떻게 할 것인가

시 낭송가의 입술은 가슴에 있어야 한다.

호흡은 99% 시 낭송의 생명이다. 듣기 좋은 낭송이 좋은 낭송이다.

천근의 책이 곁에 있다 한들 직접 읽어보지 않고 어떻게 알며 소리 내어 느낌을 담아보지 않고는 그 시제를 이해할 수 없듯이 적어도 전문 시 낭송가라면 다중에게 다가설 때까지는 많은 연구와 노력이 필요하다.

배우는 몸으로 연기하고 시 낭송가는 소리로 연기한다.

암송할 시제가 설정되면 먼저 표기 부호를 해놓고 100% 암송이 되기까지 백 번이고 천 번이고 몰입하는 자세가 필요하며 시제의 있어 그 시제에 맞는 낭송의 음색과 감정, 낭송자의 영혼은 한 폭의 그림 속에, 물감처럼 시 속에 녹아 드려야 한다. 시제의 어느 부분에다 고, 저를 설정하고 어느 부분에 애잔함과 격정을 설정하며 클라이맥스는 어느 부문에다 절정을 표할 것인가, 산수화의 그림처럼 음색으로 그려내야 한다.

또한 제스처는 자동으로 나오는 동작으로 어색하지 않게 할 것이다.

음보를 놓치면 문장의 흐름을 놓치게 되고 문맥을 잃게 되면 당황하여 여백과 고저장단을 놓쳐버리기 때문에 전문 시 낭송가는 음성 소리 예술가로서의 신중에 신중을 기해야 한다.

전문 시 낭송가라면 시 낭송가의 입술은 입술이 아닌 가슴에 있어야 한다.

시 낭송은, 가슴으로 낭송하되 적어도 편안하고 자연스러워야 한다.

사람은 누구나 노래를 부를 수 있지만 누구나 다 가수가 아니다.

사람은 누구나 시를 읊을 수는 있지만 누구나 다 시 낭송가는 아니다.

무조건 읊어댄다고 자랑하는 것은 부끄러운 일이다.

시 낭송은 어디까지나 음성언어 소리 예술의 창작이므로 낭송가의 입술은 목구멍이 아닌 가슴에서, 한 편의 시제를 한 편의 드라마처럼 연출할 줄 알아야 한다.

아무리 좋은 시제라 할지라도 시가 가지고 있는 색깔과 시의 리듬을 담아내지 못하면 결국 무미건조한 부적절한 소리에 지나칠 뿐이다.

가수는 악보를 보고 노래하지만, 낭송자는 호흡을 설정하고 그 시제의 표기 부호와 느낌에 따라서 호흡으로 낭송해야 한다.

지휘자와 연주자에 따라 연주가 달라지듯, 각자 목소리의 개성과 낭송가의 생각에 따라 시를 어떻게 형상화 시키고 이해하며 연출하느냐에 따라서 한 편의 시는 수십 편, 아니 수천 편의 느낌의 시 낭송이 나올 수 있다.

하여 시 낭송 가는 그 시제의 영혼 속에 주인공이 되지 않으면 시를 녹여 낼 수가 없다. 시제의 배경을 무형적 공간에 그리면서 낭송을 한다는 것은 그 시제에 몰입해야 한다는 뜻이다.

시 낭송가는 그 시제의 주인공으로서 정신과 육신이 하나 되었을 때, 드디어 시는 날개를 달고 소리 예술의 진솔함에서 관객과 낭송가는 공감대가 형성될 것이다. 하여 무미건조한 낭송보다는 그 시제의 느낌이 감동으로 다가오는 낭송이어야 한다. 이것이 시 낭송의 핵심가치라고 말할 수 있을 것이다 듣는 이들은 한이 서린 낭송을 들을 수 있지만, 환희와 기쁨으로 가슴이 벅차오르는 감동을 느낄 수 있어야 한다. 끊어질 듯하면서 이어지는, 그리움과 안타까움에 가슴 저린 아픔과 애잔함도 동시 느낄 수 있어야 한다.

이것이 소리 예술이 갖는 음성언어의 향연이라고 볼 수 있다.

시 낭송은 목구멍으로 내는 소리가 아니라 반드시 마음을 담아서 내야 한다.

가슴 밑바닥에서부터 울려 퍼지는 영혼의 소리, 자기의 감정과 체험, 삶의 궤적이 시에 녹아들도록 해야 한다. 그래서 낭송가는 삶의 가치에 대한 바른 자각으로 삶의 인식 체계를 바르게 가져 그 사람됨을 통해 감동이 있는 낭송을 하는 것이다.

시를 깊이 이해하고 시인 연구, 시대적 배경, 사상, 시어 연구, 작품 등으로 숨은 내포성을 찾아 울림의 소리가 되도록 자기만의 색깔로 육화시켜야 한다.

시 낭송의 정형과 절대적 표준의 법치라기보다는 노래에도 기본이 있듯이 시 낭송에도 기본은 있어야 한다. 시를 먼저 이해하여 그것을 어떻게 해석하며 그 해석을 어떻게 표현해서 듣는 사람들에게 감동을 줄 것인가 하는 것이 기본이다.

감동을 창출하는 방법은 사람마다 다르다. 그 다양한 방법을 찾는 것이 낭송가의 과제이다, 한 편의 시 낭송을 녹여낸다는 것은 그 시제의 영혼이 되어야 한다.

시어 하나하나에 깃들인 반짝임과 시어와 행 사이에 감도는 서정성이나 여운, 시적 교감이 형성되도록 내면의 울림으로 낭송한다는 것은 결코 쉬운 일이 아니다.

더군다나 자기의 삶이 녹아내리듯 재창조하여 자기만의 색깔로 개성 있게 낭송한다는 것은 더더욱 어려운 일일 것이다. 그래서 한 편의 시를 낭송하기 위해 오랫동안 쓰다듬고 어루만지며 낭송 연습을 해야 한다, 진정 가슴에서 우러나오는 절제된 감성의 작품이기 때문이다.

시 낭송은 정확한 발음과 고저장단을 잘 지켜 말맛을 제대로 살리는 것은 물론, 연과 연, 행과 행, 쉼표, 마침표, 줄임표까지 표현한다.

시가 가지고 있는 지시적 기능은 물론, 관여적 기능과 정서적 기능, 전문 시 낭송가라면 아름다움의 본질, 미학적 기능까지 표현해야 한다.

표기 부호와 음표 설정

한 편의 시 낭송을 하기 위해서는 시 낭송가는 먼저 표기 부호에 들어간다. 소리로서의 재창조 작업이다. 높고 낮은 음표를 연필로 설정하고, 시가 가진 음악성, 형식화된 리듬 시인의 심리 유추, 시대적 배경, 언어적 리듬까지 살려서 낭송하려면 규정된 표기부호가 반드시 필요하다.

◈ 자기만의 알기 쉬운 표기 부호 설정

먼저 제목과 이름 사이 음표를 설정하고, 제목과 이름 사이 여백을 몇 초 설정한다. 예를 들어 제목이 '솔'에서 시작되면 시인의 이름은 한 단계 낮은 '파'로 표현한다. 시에 따라서 다르겠지만 제목과 이름 사이 5초 정도 여백이 있었다면 이름과 본문 사이에는 약 7~10 초 간격을 두고 시작하는 것이 적절하다고 본다.
시 낭송에 있어 반드시 여백이 필요하다는 것은 호흡의 리듬을 타고 가다가 쉬어갈 부분을 말하는 것이다.

◈ 여백과 송시 음보

송시 음보에 있어 시제가 가지고 있는 글의 형태나 구성에 따라서 한 호흡에 갈 부분과 쉬어갈 부분을 설정하는 것이다. 시 낭송은 각자의 감성으로 표현하는 것이지만 여백의 중요성을 잃게 되면, 말맛이 살아나지 않는다. 특히 시인의 이름과 본분 사이에는 충분한 여백이 필요하다.
한 가지 시의 여러 가지 송시(誦詩) 음보를 준비해 보는 것 또한 그 낭송가의 창의력이다. 처음으로 시 낭송을 하는 분은 잘 모르겠지만 전문지도사 과정에서는 적극적으로 기법을 연구하는 마음의 자세가 필요하다고 본다. 송시 음보는 결코 절대적이거나 고정적이지 않지만 표기 부호를 설정함으로써 낭송자는 안정적이고 신축성 있는 낭송을 할 수 있다. 그리하여 충분한 연습은 자신을 진보시킨다고 봐야 할 것이다.
1차 표기 부호에서 맞지 않는 부분은 2차 수정, 3차 수정까지 해서 예술적 수준을 끌어올리는 것이 낭송가의 과제이다. 결국 그것이 소리의 표출이요, 낭송가의 몫이다.
하여 일정한 그 시간을 통과하고 나면 드라마처럼 시제를 보지 않아도 머릿속에 그려지면서 암송이 된다.

표기 부호 체크

표기 부호를 꼭 이렇게 하라는 것은 아니다. 본인이 알기 쉽도록 자기만의 표기 부호를 설정하면 된다.

❖ 짧게 쉬기 (,)

반 호흡을 쉰다.
시 낭송에 있어 끊어 읽기는 매우 중요하다.
효과적으로 전달하고자 할 때 반 호흡을 쉰다.

❖ 길게 쉬기 (/)

한 호흡으로 쉰다.
주로 문장이 끝났을 때 또는 연과 연 사이, 여백이 필요하다.
짧은 문장이라 할지라도 자세를 두어 낭송의 극적 효과를 갖고자 할 때 길게 쉬기를 한다.

❖ 공행(↔)

매우 길게 쉬는 것을 말한다.
낭송자의 의도하는 바가 있어 긴 침묵을 두었다가
연결하는 것으로 주로 연과 연 사이에 쓰인다. (침묵의 언어)

❖ 감정 바꾸기 (↗ ↘)

시 속에는 여러 가지 감정이 녹아있다.
감정의 다양한 변화, 주로 연이 새로 시작될 때, 표기한다.
(~~~)의 미처리를 부드럽고 여운 있게, 의미 처리는 다양하다.
한 문장의 끝 의미를 부드럽게 하거나 떨림으로 여운을 두고자 할 때.

❖ 클라이맥스(⇑)

절정을 뜻하며 시의 정점, 최고조, 긴장되게 표현할 곳에 표기한다.
(~)~) 행과 행, 연과 연을 이어가기, 행, 사이라고 다 붙이는 것은 아니다.
연 사이라고 다 띄우는 것도 아니다. 호흡에 따라 변화를 줄 수 있다.

◈ 반 호흡 머금고 들어가기(○)

원형은 발성 기관을 뜻하며 목을 직선으로 닫고 호흡을 멈춘 듯이 그전의 감정을 삭인 후, 두 호흡 이상 머금고 시작한다.

◈ 한숨으로 잦아드는 소리(△)

울고 난 후 잠김을 느낄 것이다.
한숨으로 잦아든 내밀한 발성을 구사한다.

◈ 울려 퍼지는 소리(≈)

발성 기관을 의식하고 가슴의 기를 끌어올려 목의 울림만으로 편안하게 다져 보자.

◈ 느리게 말하기(∼)

시간을 뜻하며 단어의 수를 말한다.
단어, 행, 연, 모두 적용된다.

◈ 빠르게 말하기(⟫⟫)

많은 단어를 정해진 시간에 빠르게 말하라는 뜻이기도 하지만 시의 구절에 따라서 사실 완급이 필요하다. 긴박감을 고조시킬 수 있다.

표기 부호에 의해 시를 살아 숨 쉬게 하려면 익숙해질 때까지 음률을 타는 반복 연습을 해야 한다. 시인의 시속에 내재한 시의 영혼과 만날 때 비로소 인생을 통한 경험과 감성이 어우러진다고 봐야 할 것이다.
낭송자는 송시 음보를 가까이하여 시 낭송의 이론화를 생활화하기 바란다. 꼭 이렇게 아니 하더라도 반드시 자기만의 표기 설정이 필요하다.

문학의 한 갈래

문학의 한 갈래

시 낭송이란 음성언어 소리 예술로써 말 그대로 문학 작품을 음률적 감정을 불어넣어 마치 소리로써 그림을 그리듯 하나의 작품을 아주 완벽하게 암송함으로써 시의 깊은 의미를 전달할 수 있다.

먼저 표현의 중요성이다. 적어도 시 낭송가라면 문자 언어예술에서 음성언어 소리예술로 승화시키기까지 한 편의 시제를 놓고 마치 화가가 그림을 그리듯 우선 소리 스케치를 설정하고 언어 하나, 하나에, 한 포기의 풀포기처럼 꼼꼼히 표기 부호를 해야 한다.

즉, 맑고 맑은 하늘은 맑고 맑은 하늘같이 가장 닮은 소리를 내어본다. 바람은 바람같이, 별은, 별같이, 파도는 파도같이, 억새는 억새같이, 호수는 호수같이, 눈물은 눈물같이 문자언어 속에 젖어야만 낭송가는 목구멍이 아닌 가슴에서 소리의 파장 색깔을 불러올 수 있다.

우리 인체의 오관(五官)과 오감(五感)처럼 맛을 내야 한다.

오관(五官)이란 눈, 귀, 입, 혀, 코, 마음을 말하며 오감(五感)이란 인간이 느끼는 다섯 가지 감각을 말하듯이 노래처럼 온몸으로 낭송해야 하며 그 시제의 영혼이 되어야만 음성언어 소리 예술로서 작품성이 있는 낭송이라고 볼 수 있을 것이다.

시각 : 눈을 통하여 빛의 자극을 받아들이는 감각
청각 : 귀로 받은 음파의 자극을 대뇌에 전하여 일어나는 감각
미각 : 액체의 화학적 자극으로 혀의 미로에서 생기는 막의 감각
후각 : 코의 말초신경을 자극하여 일어나는 감각
촉각 : 피부는 외부의 것이 닿아서 느껴지는 감각(촉감)

전문 시 낭송 음성언어 소리 예술가에게는 시는 하나의 악보이다. 누가, 어떻게, 어떤 색깔로 낭송하느냐에 따라서 느낌이 다르다. 대충 목구멍으로 읊어대는 것이 아니고 진정 그 시제의 가슴이 되었을 때, 비로소 듣는 이의 청각에서는 살아있는 영혼의 작품 세계를 듣게 된다. 하여 배우는 몸으로 연기하듯 낭송자는 소리로 연기한다. 시를 읽고, 시를 외우는 것만이 다가 아니다. 낭송가라면 적어도 가슴으로 녹여낼 줄 알아야 음성언어 소리 예술가라고 말할 수 있을 것이다.

시의 꽃 / 신승희

세상이란 숲속에는
수많은 꽃들이 있습니다
그중에서도 낭송의 꽃은
시인의 가슴과 가슴에서 피어난
애틋한 꽃들의 열매들입니다

망울져 오르는 꽃망울보다
화안이 웃어주는 동백의 열정보다
심층에서 피어나는 영혼의 꽃

솔잎 향기 감도는 언덕,
그 바람 온통 산소라 할지라도
다만 육신의 스치는 산소일 뿐
다만 피어서 아름다울 뿐
가슴과 가슴을 열어주는
그 꽃의 소리만 하겠습니까

시 낭송! 핵심가치란 무엇인가?

한마디로 좋은 글귀는 인성에 단비가 된다.

음식은 육신을 살찌게 하지만 좋은 글은 마음의 양식이 된다.

시를 통하여 정신적 세계관에 미치는 영향은 크다고 본다.

하여 시 낭송은 시의 주인공 역할이다.

그러므로 낭송가는 소리의 연기자로 거듭나야 할 것이다.

언어에는 두 가지 음성언어와 문자언어가 있듯이 문학의 본질은, 언어예술의 창작이고 보면, 음성 소리 예술은 그 작품 세계를 더욱 생생하게 전달해 주는 것이 시 낭송자인, 음성언어 소리 예술가의 몫이다.

글을 통하여 인간의 사상이나 글쓴이의 세계관이나 그 속에 함축되어있는 시대적 배경까지도 묵독은 이해할 수 있으나 어디까지나 상상에만 그칠 뿐이다. 하여, 낭송자의 영혼이 담긴 진심 어린 음성언어 소리 예술이 전달하는 파장에는 미치지 못한다.

낭송가는 가슴에서 흐르는 소리의 파장을 응용할 줄 알아야 한다.

모든 사물에도 전류가 흐르듯이 소리의 파장을 통하여 감정이나, 의지, 또는 생각. 체험, 느끼고 깨달음, 어떻게 표현하느냐에 따라서 듣는 이의 청각에서는 형형색색의 의미를 전달받을 수 있는 것이다.

여기서 음성언어 소리 예술의 시 낭송 핵심가치는 달라질 것이다.

오늘날 문자와 음성의 종합예술로서 시 낭송은 문학적 예술의 꽃이다. 하여 소리 예술의 핵심 가운데서 낭송은 여기저기 꽃처럼 피어나고 있으며 다중으로 많은 사랑을 받고 있다고 본다.

그러나 읊어 댄다고 전부 시 낭송가는 아니다. 노래 역시도 마찬가지다 누구나 따라 부를 수는 있지만 부른다고 해서 다 가수가 아닌 것처럼 시 낭송 또한 문자 언어예술에서 음성언어 소리 예술로 음보와 음률적인 연구가 필요하다.

현대에 와서 시 낭송이 '대세다'라는 말이 실감 날 정도로 유튜브나 각 지역 행사를 통해 쉽게 접할 수 있다.

낭송을 한다고 멘트를 들었는데 낭독을 하는 경우를 본다.

낭송과 낭독은 엄연히 차이가 있다.

전문가로서는 낭독과 낭송을 분명히 알고 해야 한다.

어디까지나 보고 읽어야 하는 낭독의 경우에는 낭송이라는 단어를 쓰지 않는 것이 옳다.

낭송은 앞에 이론에서도 언급했지만, 반드시 암송으로 고저장단과 음률로서 한 편의 드라마처럼 읊어야 할 것이다.

하여 낭송자는 운율을 이루는 기본 단위의 음보와 시 낭송에 있어 가락과 음악적 리듬으로 온몸으로 녹여낼 필요성을 느끼지 않으면 시 낭송가라고 말할 수 없다. 음률은 그 시제에 있어 생명이다. 그것이 호흡과 연관되는 것이다.

흔히, 유튜브나 PC를 통해서 듣기 좋은 낭송도 있지만 무미건조한 낭송도 접한다. 적어도 시 낭송가라면 낭송가로서 그 시인의 한 편의 시에도 최소한 예를 지켜야 한다고 본다. 시인은 시인의 시를 성의 없이 낭송하는 것은 원하지 않는다. 이 세상에 쉽게 태어난 명시가 어디 있으랴. 한편의 음성언어 소리 예술로 일어서기까지 하나의 문장이 햇볕을, 보기까지 바람과 비, 파도와 절벽에서, 부딪혀 보지 않고 어떻게 깨달음을 얻을 수 있으랴! 깨달음 속에서 진리를 얻듯이 직접 부딪혀 보고 다중 앞에 서보는 무대의 많은 경험이 자신을 향상시킨다고 봐야 할 것이다.

시 낭송가로서 한 편의 시를 읊을 때는 진솔함은 물론 그 자체가 맑디맑은 새벽이슬처럼 가슴 밭을, 촉촉이 적셔주는 것이 낭송가의 일이다

그리고 시대적 배경, 삶의 희로애락, 아픔을 이해하여 한 편의 시를 낭송할 때는 자신의 영혼은 내려놓고 그 시인의 시의 작품 속의 영혼이 되어야 한다. 하여 시제의 주인공이 되어야 만이 가슴으로 낭송하는 심층 깊은 전문 시 낭송가라고 말할 수 있을 것이다.

시 낭송 발성 연습

1. 가슴으로 낭송한다.
   낭송이면서도 말하듯이 가장 듣기 편하고 자연스러운 발성을 하도록 한다.

2. 낭송 전에는 반드시 안면 근육 스트레칭으로 입술을 풀고
   허리를 곧게 펴고 어깨 목, 턱, 입술의 힘을 뺀다.

3. 어깨를 들썩이다 보면 힘이 들어가기 때문에
   소리가 불안정하고 울림이 없는 최악의 소리가 된다.
   신체의 어느 한 부위라도 힘이 들어가지 않도록 한다.

4. 구강 공명과 비강 공명을 반반으로 이용하여
   시의 색깔을 간간이 살리는 것도 좋은 방법이 된다.

5. 시대적 배경 느낌을 담기 위해서는 올바른 호흡법을 활용하여 시의 정서를 살린다.
   입 모양에 따라 공명 기관의 소리 분석 필요.

6. 목소리는 근육의 영향을 받는다.
   근육은 호흡의 영향을 받으며 호흡은 마음의 영향을 받는다.

◆ 발음기관 호흡 이용

ㄱ. 폐장 : 음의 강약을 조절하는 곳으로 능동부를 이용하여 폐장의 공기를 최대한 마음대로
   응용한다.(능동부)발음하는 데 있어서, 능동적으로 움직이는 발음 기관

ㄴ. 후두 : 음의 고저를 조절하는 곳으로 단전을 이용하여 최대한 울림 있는 음질의 소리를
   다듬는다.

ㄷ. 음색 : 음색을 조절하는 음성 조절 기관의 입술에는 힘을 넣으면 자연스러운 낭송이
   되지 않는다.

◆ 발성훈련

ㄱ. 아, 에, 이, 오, 우, 를 / 낮게 시작해서 점점 높게 ~

우, 오, 이, 에, 아 / 높은음에서 점점 낮게 ~

도, 레, 미, 파, 솔, 라, 시, 도, 낮게 시작해서 점점 높게 ~

도, 시, 라, 솔, 파, 미, 레, 도, 높은음에서 점점 낮게 ~

ㄴ. 음, 공명 --- 배에 힘을 주고 입술을 다물고 간질간질할 정도,
배와 가슴을 이용한다. 목소리 아름다워짐.

◆ 파워 발성 트레이닝 1단계부터

가 게 기 고 구	각 겍 긱 곡 국	간 겐 긴 곤 군
나 네 니 노 누	낙 넥 닉 녹 눅	난 넨 닌 논 눈
다 데 디 도 두	닥 덱 딕 독 둑	단 덴 딘 돈 둔
라 레 리 로 루	락 렉 릭 록 룩	란 렌 린 론 룬
마 메 미 모 무	막 멕 믹 목 묵	만 멘 민 몬 문
갈 겔 길 골 굴	감 겜 김 곰 굼	강 겡 깅 공 궁
날 넬 닐 놀 눌	남 넴 님 놈 눔	낭 넹 닝 농 눙
달 델 딜 돌 둘	담 뎀 딤 돔 둠	당 뎅 딩 동 둥
랄 렐 릴 롤 룰	람 렘 림 롬 룸	랑 렝 링 롱 룽

시 낭송의 특징 및 효과

시 낭송은 반드시 암송해서 낭송한다.

시를 보고 읽는 것은 어디까지나 낭독이다.

낭독의 효과는 크게 기대하기는 어렵다. 행사에 따라 또는 무대 조명이나 환경에 의해 정확한 시 읽기도 어렵거니와 설령 읽는다고 해도 읽기에 골몰한 나머지 표현하고자 하는 의도를 살리기 어렵다. 하여 낭송가가 아닌, 한편의 작품을 읽어준 사람에 불과할 뿐인 경우도 있다. 특히 많은 청중이 있는 무대에서는 시와 매치되는 이미지도 중요하기 때문에 시 낭송의 효과로 볼 수 있다. 시극인 경우에는 시대적 배경이 우선 그 시를 살리고 들어간다. 그리고 관객 또한 듣는 청각에서 눈으로 볼거리가 추가된다. 어디 그뿐인가 PPT를 사용하여 영상과 배경음악을 깔고 낭송하는 것이 오늘날에 시 낭송문화로 흐르고 있다. 영상과 배경음, 시 낭송, 삼위 일치되었을 때, 시는 살아있는 영혼으로 일어서서 걷는다. 이것이 시 낭송의 효과적 작품이라고 할 수 있다.

◆ 소리 연출

시인을 작곡가라고 가상하면 시 낭송가는 악보를 보는 성악가나 가수 입장이 될 것이다.

시의 언어를 낭송가가 어떻게 소리로 연출하느냐에 따라서 시의 감동은 높이 올라갈 수도 있고 낮게 떨어질 수도 있다.

한 편의 시는 낭송가의 연출에 따라 천변만화(千變萬化)를 일으키기 때문이다. 시를 사랑하고 시 읽기를 즐기는 사람들도 지난날 읽었던 것은 낡은 시라고 다시 읽으려고 하지 않는다. 그것은 잘못된 생각이다.

오래된 묵은 시일수록 공감대가 형성될 수도 있다. 명시일수록 말이다.

또한 수없이 쏟아지는 시를 다 읽을 수도 없으며 좋은 시를 찾아내기도 쉽지 않다. 하여 낭송 가는 묻혀있는 명시를 찾아내는 안목 또한 중요한 것이다. 또한 폭넓은 감동을 끌어내는 것은 낭송가의 몫이다.

그런 활동이 시를 재생산하는 것이며, 시인들에게도 좋은 시를 쓰게 하는 기폭제 역할을 해낼 수 있다고 본다. 하여 낭송자들은 신념을 갖고 음성언어 소리 예술의 자기만의 개성과 지속적 연찬을 해야 할 것이다.

호흡과 리듬의 중요성

호흡이란 목소리를 타고 나가는 생명력이다. 생명력 있는 시 낭송을 하기 위해서는 올바른 호흡이 필요하다. 발성의 99%로는 호흡에 있다.

시 낭송은 단지 목구멍에서 내는 소리가 아니라 발성 호흡을 통해 영혼을 울리는 감동 있는 소리를 연출해야 한다. 한 마디로 온몸으로 언어를 녹여낼 줄 알아야 한다. 적어도 낭송 가라면 깊은 호흡을 이용하여 저장된 공기를 뽑아낼 줄 알아야 한다.

호흡에는 복식호흡, 단전호흡, 단전 복식호흡이 있다.

1. 단전 복식호흡 자세

먼저 발을 11자로 벌리되 안쪽을 오므리고 발끝에 체중을 실어 우주의 기운을 느낀다.

다음은 눈을 감고 8초까지 코로 숨을 마신다.

다음은 마음속으로 1초 2초 세면서 배꼽에 손을 얹고 단전 깊이 들어오는 호흡을 8초까지 확인한다.

다음은 머금고 있는 호흡을 천천히 아주 천천히 "이와 혀" 사이 쓰– 발음으로 8초 내쉰다.

5번에서 10번 이상 반복할수록 좋다.

2. 앉아서 할 경우

가부좌를 하고 단전에 집중한다.

단전에 손을 모으고 아랫배에 숨이 깊숙이 들어오면 숨을 집중하고 힘을 응축했다가 "이, 와 혀" 사이 쓰– 발음으로 천천히 내쉼.

10초 마시고 10초 머금고 10초 천천히 내쉼.

3. 호흡 늘리기

점점 오랫동안 참았다가 길게 10초 20초 30초 늘려 호흡을 천천히 내뿜는 연습을 한다.

한 호흡에 담아낼 문장에는 긴 호흡을 적용하여 응용한다.

시 낭송 음의 속도 템포(Tempo)와 포즈(Pause)

시 낭송에 있어 속도와 포즈는 매우 중요하다.

행과 행 사이에 생략된 여러 가지 내용을 분석해보면, 호흡을 조절하고 포즈를 두며 속도를 조절해야 하는 필요성을 느끼게 된다. 특히 생각, 동작, 시간, 느낌, 변화와 장소의 이동 변화를 중시하여 의미 단락 분절을 충분히 연습하여 이미지 표현에서 90% 이상 시제의 색감이 묻어나야 한다.

포즈는 중요한 연기이다. 어쩌면 때 따라서 대사보다 더 중요할 수도 있다. 또한 속도에서 중요한 것은 음성의 완급이다. 빠르고 느리게, 매우 빠르고 매우 느리게 등을 조절하여 고저장단 효과를 살려야 한다.

속도: 작품의 주제, 분위기, 전체적 흐름을 잘 살려야 한다.

포즈: 의미를 전달하고 표현하는 데 매우 중요한 역할을 하므로 적절히 활용하면 큰 효과를 거둘 수 있다. 쉼표, 줄임표 등의 부호는 하나의 언어로 인식해야 한다.

◆ 음의 효과적 표현

ㄱ. 음의 고저와 강약은 다르다.

  어느 낱말에 강세를 주는 것은 리듬 기능, 강조 기능, 억양 기능,

  경계 표시 기능, 음운론적 기능 등이 있다.

ㄴ. 문장을 발화할 때

  문장 차원에서 부과되는 악센트(Accent)

  혹은 문장 강세(Sentence stress)를 활용한다.

ㄷ. 강세 : 열정, 흥분, 강조, 명령, 금지, 흥분, 질책, 격노 선 등

  약세 : 숭고한 내용, 슬픔, 패배, 고뇌, 허약, 의문, 추측, 애원, 반성

  하강 : 권유, 서술, 느낌

ㅁ. 상승 : 항의, 명령, 의문, 선택

  시의 따라 점층 화법인 클라이맥스를 구사한다.

  클라이맥스는 크게 소리를 내어 효과를 내는 예도 있고

  소리를 작게 하여 효과를 내는 예도 있다.

무대에서는 음의 리듬(Rhythm)으로 음악적 효과를 최대한 이끌어내야 한다.

자유시의 생명은 내재율의 확보와 언어의 구체화라고 할 수 있다.

시에서, 겉으로 드러나지 않고 숨은 형태로 깃들여 있는 내재율을 잘 살려야 한다. (두운, 요운, 각운) 시의 음보를 음악처럼 끌어내야 한다.

소리의 완급, 역 동감 표현, 환희에 가득 찬 리듬, 애잔함.

1. 두운 : (머리 두) 시에서, 행의 첫머리에 규칙적으로 같은 운의 글자를 다는 일.

2. 요운 : (허리 요) 정형시에서, 시행의 중간에 운율의 규칙을 맞추는 일.

3. 각운 : (다리 각) 음률을 강조하기 위하여 운문의 시행 끝에 배치하는 같은 운의 음.

예시
호수 / 신승희

서산에 해지면
그림자도
묻히는 줄 알았건만

휘영청
달 아래
연못에 잠긴 왕 버들

언제 심었던가,

내 호수에도
왕 버들 나무 하나
자라고 있었네

설화 雪花 / 신승희

광설이 춤추는 긴 겨울
숨죽여 우는 설원의 땅 위에
허공을 외치는 작은 새는
하얀 미학의 노래를 부릅니다.
지난가을, 한 잎 두 잎 떨어지는 것이
낙엽 아닌 시간이라는 걸 알면서도
얼어붙은 빙하 붉은 입술의 동백을
나 인양 홀로이 바라봅니다.

그대 하얀 옷깃이 넓어
나목의 맨살을 에워싸며
언제까지 소복이 핀 순백의
설화 雪花로 세상을 온통 하얗게
하시렵니까.

실어 오고 실어 가는 계절에
저 처마 끝, 고드름같이
언젠가 하나의 삶이 녹고 나면
설 눈 속, 복수초의 노란 미소로 피어날지…
얼음장 밑으로 흐르는 물처럼
그 한 치 앞에서 나 또한
흐르고 있다는 덧없음을 알면서도
하얀 그대 앞에선 한없이 출렁이며
사슴처럼 뛰고 싶습니다.

진달래꽃 / 김소월

나 보기가 역겨워 가실 때에는
말없이 고이 보내 드리우리다
영변(寧邊)에 약산(藥山) 진달래꽃
아름 따다 가실 길에 뿌리 우리다

가시는 걸음, 걸음 놓인 그 꽃을
사뿐히 즈려밟고 가시옵소서
나 보기가 역겨워 가실 때에는
죽어도 아니 눈물 흘리우리다

못 잊어 / 김소월

못 잊어 생각이 나겠지요
그런대로 한세상 지내시구려
사노라면 잊힐 날 있으리다

못 잊어 생각이 나겠지요
그런대로 세월만 가라 시구려
못 잊어도 더러는 잊히오리다

그러나 또 한껏 이렇지요
그리워 살뜰히 못 잊는데
어쩌면 생각이 떠지나요?

※ 이 두 편의 시에서는 같은 어조의 느낌을 애틋함으로 표현하는 것이 강조되고 있다.
하여 낭송자는 이러한 부분들을 잘 살려야 한다.

마법의 새 / 박두진

아직도 나는 너를 사랑하고 있다
너는 하늘에서 내려온
몇 번만 날개 치면 산골짝의 꽃
몇 번만 날개 치면 먼 나라 공주로,
물에서 올라올 땐 푸르디푸른 물의 새
바람에서 빚어질 땐 희디 하얀 바람의 새
불에서 일어날 땐 붉디붉은 불의 새로
아침에서 밤 밤에서 꿈에까지
내 영혼의 안과 밖 가슴속 갈피갈피를 포롱대는 새여.

어느 때는 여왕으로 절대자로 군림하고
어느 때는 품에 안겨 소녀로 되어 흐느끼는
돌아설 땐 찬바람 빙벽 속에 화석 하며 끼들끼들 운다.
너는 날카로운 부리로 내 심장의 뜨거움을 찍어다가
벌판에 꽃 뿌리고 내가 싫어하는 짐승 싫어하는 뱀들의
그것의 코빼기를 발톱으로 덮쳐
뚝뚝 듣는 피를 물고 되돌아올 때도 있다.

너는 홀로 쫓겨 숲에 우는 어린 왕자의 말이다가
밤마다 달빛 섬에 홀로 우는 학이다가
오색 훨훨 무지개 속 구름 속의 천사이다가
돌로 치는 군중 속의 피 흐르는 창녀이다가
한 번 맡으면 쓰러지는 독한 꽃의 향기이다가
새여. 느닷없이 얼키설키 영혼을 와서 어지럽혀
나도 너를 알 수 없고 너도 나를 알 수 없게
눈으로 서로 보면 눈이 넋으로 서로 보면 넋이
타면서 서로 아파 깊게, 깊게 앓는,
서로 오래 영혼끼리 꽃으로 서서 우는

서로 찾아 하늘 날며 종일을 울어예는
어쩔까 아 징징대며 젖어오는 울음
아직도 너를 나는 사랑하고 있다.

※ 속도와 음의 억양은 말의 가락이라고 할 수 있다.
음악에 가락이 있듯이 말에도 목소리의 높낮이가 엮어내는 가락이 있다.

[예시]

이별가 / 박목월

뭐라 카노, 저편 강기슭에서
니 뭐라 카노, 바람에 불려서
이승 아니믄 저승으로 떠나는 뱃머리에서
나의 목소리도 바람의 날려서
뭐라 카노 뭐라 카노
썩어서 동아 밧줄은 삭아 내리는데
−중략−

※ 음의 어조는 사투리에서는 그 매력이 다르다. 시의 어조는 음성의 높낮이, 세기, 길이뿐만 아니라 음색에서 풍겨지는 느낌에서 전체적인 분위기를 나타내준다.
예를 들면 한이 서린 신화의 얽힌 대서사시라든지 애틋한 서정시라든지 강직하면서도 슬픈 민족시 등, 작품의 주제에 따라 그 나름의 어조가 색다른 맛을 품고 있다.

[예시]

누가 하늘을 보았다 하는가 / 신동엽

누가 하늘을 보았다 하는가.
누가 구름 한 송이 없이 맑은
하늘을 보았다 하는가.
−중략−

※ 자주 나오는 동일 단어는 변화 있게 낭송해야 한다. 필히 강약 단어 설정이 필요하다.

두견(杜鵑) / 김영랑

울어 피를 뱉고 뱉은 피 도로 삼켜
평생을 원한과 슬픔에 지친 작은 새,
너는 너른 세상에 설움을 피로 새기러 오고,
네 눈물은 수천(數千) 세월을 끊임없이 흐려 놓았다.
여기는 먼 남(南)쪽 땅 너 쫓겨 숨음 직한 외딴곳,
달빛 너무도 황홀하여 호젓한 이 새벽을
송기한 네 울음 천(千) 길 바다 밑 고기를 놀래이고,
하늘가 어린 별들 버르르 떨리겠구나.

몇 해라 이 삼경(三更)에 빙빙 도는 눈물을
씻지는 못하고 고인 그대로 흘리었느니
서럽고 외롭고 여윈 이 몸은
퍼붓는 네 술잔에 그만 지 늘컸느니
무섬증 드는 이 새벽까지 울리는 저승의 노래.
저기 성(城) 밑을 돌아나가는 죽음의 자랑찬 소리여,
달빛 오히려 마음 이어 둘 저 흰 등 흐느껴 가신다.
오래 시들어 파리한 마음마저 가고 지워라.
─중략─

※ 한이 서린 시일수록 감정 토해내기, 머금고 들어가기, 한숨으로 내뱉기, 한숨 잦아드는 소리. 울려 퍼지기, 의미 처리, 감정 바꾸기, 짧게 쉬기, 길게 쉬기. 동일 단어를 변화 있게 하는 음보의 스킬(skill)이 필요하다

백 년 약속 / 신승희

나는 당신을 사랑합니다.
오늘도 내일도, 그리고 그 내일도
당신의 손을 놓지 않을 것입니다.

나는 당신을 사랑합니다.
지금의 젊음과 아름다움만을 사랑하는 것이 아니라.
과거와 현재를 지나 먼 후일 백 년 강가에서
당신의 작은 꽃잎과 생의 발자취를 존경할 것입니다.

나는 당신을 사랑합니다.
햇살 가득한 날이나 비구름 걷는 날이나
달밤이나 그믐밤이나, 별은 그 속에서도 반짝이고 있듯이
변함없이 나는 당신 곁에 있을 것입니다.

나는 당신을 사랑합니다.
이 순백의 웨딩드레스와 연미복을 입고
둘이 하나로 태어나는 이 순간 이날을
나는 매년 달력에 기록하겠습니다.
좋은 날에 장밋빛 좋은 날에
행복의 돛대의 청실홍실 꿈을 가득 실었습니다.
인연이란 하늘의 뜻이요 땅에 축복이니
감사의 절을 어찌 올리지 않을 수 있겠습니까

나는 당신을 사랑합니다.
마주 보는 눈동자 백 년 강가에서
오직, 소중한 나의 한 사람 손을 잡고
이 푸르른 풀밭, 한창이던 꽃잎을 새며
먼 훗날 억새꽃 필 때까지
당신과 영원히 함께 거닐 것입니다.

만월 滿月 / 신승희

천지를 밝히는 당신은
모시 저고리 옷소매 걷으시고
사뿐사뿐 청 마루 걸어 시는
울 어머니 버선 발로 오십니다.

천지를 밝히는 당신은
매미 소리 저문 베틀에 앉아
누런 거친 올 삼베를 짜던
굵은 마디의 손길로 오십니다.

고요는 비단 치마 어둠을 휘덮고
가볍게 떠오르는 당신의 발길은
옛 초가지붕 별빛을 뿌리는 저녁
호박넝쿨 언덕 돌담장을 넘어가고
눅눅한 장맛비 태풍에 흔들리던 이파리들
굵은 빗방울에 찢겨 쓰러지고
바람이 뜯어간 살점 없는 손으로
돌 틈을 타고 오르기까지
긴— 아픔 어이하셨나요.

저 작은 풋 호박이 누렇게 익어가는 것처럼
이제야 둥근 당신을 닮아가고
산허리 고즈넉한 당신의 모습에서
나 또한 달이 되어 흘러가는 나그네임을

수없이 오고 간 계절 앞에
저— 작은 풀잎 하나의 소중함을
내 뛰는 맥박 안에 담아놓고
간절히 돋아나는 날에

나의 가을도 당신 만월로 채우고 싶소.
개구리 소리 합창하는 논길에 선
삽을 든 농부가 가을을 기약하듯이…

예시

보리 / 신승희

나–
그대 결실 앞에
익어가는 법을 배우고 싶다
싱그럽게 스치는 신록의 바람을 껴안으며
그대 갈맷빛 가시 옷깃에
영롱한 눈물 한 방울로 녹아드는
촉촉이 안기는 이슬이고 싶다.

눈부시게 다가오는 햇살 속에
출렁이는 가슴 풀어놓고
유월의 뙤약볕 아래로 가서
순리를 따르는 향긋한 그대처럼
바람결 얼굴 비비며
누렇게 계절을 장식하는
들판의 그대를 닮고 싶다

하얀 겨울 차가운 땅
고독의 긴 어둠 속에서
잉태한 이 알알들이
한 알의 이삭으로 몸을 푸는
유월의 보리밭에서…

흑백다방 / 신승희

세월이 흘러도
흩어질 수 없는 마음처럼
그 시절 그 노래가 있다
스마트한 시대 급물살에 휩쓸리는
빠른 걸음걸음들 상관없이
도심 속의 한 모퉁이 흑백다방
육십 년대 이름 그대로
들녘의 핀 들국화처럼 향수를 안고
그 시절 유일한 가슴으로 남아
애틋한 눈으로 바라보게 한다.
검은 작은 글의 간판은
한 번도 화장을 하지 않은 얼굴로
노파의 등같이 구부정한
낡은 입구 대문 위에서
늘 비에 젖고 바람을 맞는다.
수많은 비밀 간직한 채
먹먹해서 오히려 좋은 흑백다방
세월도 간혹 머물다가는
우리 시대 문인들의 구름 같은 공간
사월이 오면
벚나무 가지 망울져 올라
그 앞에 두 개의 맷돌이 더욱 운치 있을
진해 중원 로터리 흑백다방

축시와 헌시獻詩

◆ 축시

행사에는 그 집행부 관행에 따라서 축시가 시행된다고 봐야 할 것이다.

공공기관에서 주관하는 행사에도 축시가 있고 일반 사회단체도 마찬가지다. 축시는 그 행사에 맞는 시를 선택하여 읊어야 한다.

하지만 중요한 행사에는 그 행사에 맞는 시를 새로 작시하여 축시를 하는 경우가 많다고 본다. 결혼식 축시 낭독 및 낭송이라든지, 각 여러 갈래 문학 행사에도 반드시 축시가 읊어지고 있다. 어디 그뿐인가 국제로터리클럽이나 국제라이온스 이·취임식에도 식 서두에는 축시를 넣는 경우를 흔히 볼 수 있다. 그 밖의 여러 사회단체에서도 또는, 집안의 큰 행사에도 축시를 넣는 경우가 많다. 하지만 축시는 그 행사와 맞는 축송을 준비해서 읊어주는 것이 그 행사를 빛내주는 축송이라고 볼 수 있다. 낭송자는 행사의 적절한 시 선택으로 의상과 잘 매치 시켜 연출함으로써 돋보이는 행사가 될 수 있다, 하여, 빔프로젝터를 이용하여 영상, 배경음악을 깔고 행사 서두에서 그 분위기를 빛내주는 것이 효과적인 축시가 될 수 있다고 본다.

◆ 헌시

국가 보훈처에서는 보훈의 달 유월을 맞이하여 해마다 현충일 보훈 콘텐츠 공모전을 통하여 새로운 헌시(장원) 당선작으로 10시 사이렌과 함께 전국에서 동시에 현충일 추모 헌시가 나가는 것으로 알고 있다.

추모 헌시(獻詩)는 시를 지어 기리는 뜻으로 받치는 일이다.

전쟁터에서 순직한 호국 영령들과 순국선열들에게 바치는 추모 헌시인 것이다. 일반 가정에서도 돌아가신 조상을 위해서 제사를 지내는 축문과 같은 의미를 담고 있다고 봐야 할 것이다. 그렇다면 어떤 헌시이든 간에 낭송자가 추모 헌시를 낭독할 때는 관중을 보고하는 것이 아니라 충혼탑의 영령들을 바라보고 해야 할 것이다 또한, 암송을 하였더라도, 반드시 축문을 보고 읽어 내려가듯이 겸허한 마음으로 정중하게 추모 헌시 '낭독'을 해야 한다고 생각한다. 추모 헌시를 올리면서 4명, 5명 합송하듯이 돌아가면서 하는 경우를 본 적도 있다. 그것도 관중을 보면서 말이다. 영령들에게 큰 실례가 아닐까 싶다. 하여 낭송자를 비롯하여 담당 관계자들은 이러한 부분들을 정확히 알아야 한다고 생각한다.

넋은 별이 되고 / 유연숙

모른 척 돌아서 가면 가시밭길 걷지 않아도 되었으련만
당신은 어찌하여 푸른 목숨 잘라내는 그 길을 택하셨습니까.
시린 새벽 공기 가르며 무사 귀환을 빌었던
주름 깊은 어머니의 아들이었는데
바람 소리에도 행여 님일까
문지방 황급히 넘던 눈물 많은 아내의 남편이었는데
기억하지 못할 얼굴 어린자식 가슴에 새기고
홀연히 떠나버린 아들의 아버지였는데
무슨 일로 당신은 소식이 없으십니까

작은 몸짓에도 흔들리는 조국의 운명 앞에
꺼져가는 마지막 불씨를 지피려
뜨거운 피 쏟으며 지켜낸 이 땅엔
당신의 아들딸들이 주인 되어 살고 있습니다.
그 무엇으로 바꿀 수 있었으리오
주저 없이 조국에 태워버린 당신의 영혼들이 거름이 되어
지금 화려한 꽃으로 피어났습니다.

힘차게 펄럭이는 태극기 파도처럼 높았던 함성
가만히 눈감아도 보이고 귀 막아도 천둥처럼 들려옵니다.
한줌의 흙으로 돌아간 수많은 푸르른 넋
잠들지 못한 당신의 정신은 남아
후손들의 가슴속에 숨을 쉬고
차가운 혈관을 두드려 깨웁니다.

이제 보이 십니까

피맺힌 절규로 지켜진 조국은 비바람에 쓰러지지 않고

고난에도 흔들리지 않는 초석이 되었습니다.

스스로 몸을 태워 어둠을 사르는 촛불같이

목숨 녹여 이룩한 이 나라

당신의 넋은 언제나 망망대해에서 뱃길을 열어주는

등대로 우뚝 서 계십니다

세월이 흘러가면 잊혀지는 일 많다 하지만

당신이 걸어가신 그 길은 우리들 가슴속에 별이 되어

영원히 빛날 것입니다

옥토 / 김연웅

그때의 유월! 아지랑이 환영 속에 당신의 뒷모습
무엇 하나 남기지 않은, 남길 수 없었던 지옥 같은 화염 속에
온 몸을 던진, 조국에 던진, 겨레에 던진, 그랬던 당신은
쓰라렸던 흉터조차 남기지 못했습니다.
그렇게 내가 밟고 있는 이 땅이 되셨습니다.
검은 흙이 되셨습니다. 옥토가 되셨습니다.

보이십니까,
비명 속에도 당당히 생을 마감한 당신의
육신으로 이렇게 아름다운 강산이 되었습니다.
느껴지십니까, 당신이 지킨 이곳의 한가운데 그때의
온기와 땀 내움이 묻어 있습니다.

들리십니까,
이곳에서 자라난 푸른 초록 속엔 당신의
숨소리가 메아리로 퍼집니다.
오늘도 하늘을 향한 어린 싹이 돋아납니다.
그 싹을 틔우는 흙 한 줌, 이 한 줌도 허투루 할 수 없습니다.
땅 위의 작은 모든 생명들 무엇 하나 애틋하지 않을 수 없습니다.

지금껏 수십 년 세월 동안 이 흙 속에서 숨 쉬고 계실 당신,
차마, 다 남기시지 못한 말씀은 끝없이 이어질 이 땅에서
말씀해 주십시오. 옥토에서 외쳐주십시오.
다 듣지 못했던 한 어린 수많은 이야기들, 마음속에
고이고이 여미려 합니다.
붉은 황혼 속 대지의 넘치는 뜨거움을
가슴으로 부둥켜안으려 합니다.

나에게 깨우침을 주신 당신이여!
남은 자들을 위해 또 다른 미래가 솟구칠, 이 기름진 옥토에 계시는
당신이여! 영겁의 영광과 번영 속에 우리와 함께하소서
우리와 같이 누리소서 고요한 아침 속에, 그 평화 누리소서

충혼탑 – 현충일 추모 헌시

◈ 무대 태도와 매너

가. 자세 : 자연스러우면서도 자신감 있는 태도

나. 의상 : 자신을 돋보이게 하는 의상보다 시를 돋보이게 하는 의상

다. 표정 : 굳은 표정 주의. 시의 내용과 어울리는 표정

라. 마이크 사용법 : 스탠드 마이크, 무선 마이크, 핀 마이크

마. 제스처 : 필요성을 확실히 인지한 후 실행, 자연스럽게

사. 무대 리허설을 통하여 확인하기

아. 철렁거리는 귀걸이, 손톱의 짙은 매니큐어 삼가

자. 무대감독 지시 따르기(특히 조명 탑 안에 서기)

차. 공연장 안으로 음식물 금지

카. 드레스실에서 공중도덕 지키기

◈ 소리 점검

가. 첫 줄을 잘 읊어야 전체의 흐름이 산다.

나. 작위적인 틀(자기의 운율에 시를 맞추는 것)을 버려야 한다.

다. 행과 행, 단락을 끊지 않도록. 자주 끊으면 감정이 끊어진다.

라. 전체적으로 자세나 표정 그리고 낭송의 전개가 자연스러운지,

마. 발음은 정확하되, 들리지 않는 발음은 없는지,

바. 시의 맞는 의상이나, 제스처가 어색하지 않는지

사. 가슴으로 낭송하되 지나친 가성은 없는지

아. 변화를 잘 살리고 있는지, 똑같은 어조는 조심

자. 말맛을 살리되 넘치지 않고, 시의 느낌을 담아내는지

차. 소리, 눈빛, 포즈는 진지하게 감동을 줄 수 있는지.

카. 울림은 크게 하되 지나치지 않고, 담담하게 녹여내는지

타. 암송은 잘 되고 있는지, 시제를 놓치는 일이 없도록, 주의할 것

시 낭송 문학 〈무대 표현〉

언어 표현의 예술!

문학이란 존재는 사상이나 그리고 감정을 상상의 힘을 빌려 언어로 표현한 예술로써 시 낭송은 재생산하는 과정이 된다.

하여 시 낭송은 문자언어 예술에서 – 음성언어 소리 예술이다.

시 낭송 공연을 한다고 해서 시 낭송만 가지고 무대를 장악할 수 없다

공연을 주관하는 주최 측에서는 반드시 〈언어, 문학, 예술, 철학, 역사〉가 들어있는 인문학(人文學)적 다양한 공연의 주제로 종합 예술 공연이면 관객으로부터 사랑받을 수 있을 것이라고 본다.

또한 〈영상 매체를 통하여〉 여러가지 현실을 재현하는 뮤지컬 같은 시극, 오케스트라 음악단원과 하모니를 이루는 독송과 합송으로도 크게 관중에게 감동을 줄 수 있다. 예술은 끊임없이 창의적이야 한다.

해마다 새로운 테마 설정, 새로운 프로그램으로 관중에게 다가서야 한다고 본다. 각 지역 인간문화재, 고전무용, 성악, 국악도 좋지만, 대금의 청아하고 맑은소리라든지 거문고, 해금, 여러 가지 고전 악기의 연주도 시 낭송과 굉장히 잘 어울리는 악기로써 아름답고 우아한 하모니를 이룰 수 있다.

그리고 대중적 노래도 가끔 시 낭송과 엮어서 관중 속으로 파고드는 것 또한 시대적 감각이며 청중에게 볼거리를 제공하는 종합예술 무대가 될 수 있다고 본다.

시 낭송의 여러 가지 방법

◆ 무대공연

시 낭송에는 일정한 공식이 없듯이 낭송의 방법도 여러 가지 다르게 할 수 있다. 종합예술 공연으로 여러 가지 타 예술가를 초빙하여 격조 높은 공연으로 함께 관중에게 다가갈 수도 있다. 오케스트라 지휘자의 따라 라이브 무대에서는 시 낭송이야말로 고고한 달밤의 거문고의 음률처럼 시 낭송이 더욱 돋보이는 경우도 있다.

하지만 무대가 클수록 혼자 낭송하기보다는 듀엣이나 세 사람이 행이나 연을 바꿔가며 낭송하거나, V자로 10명 20명 서서 여러 사람이 소리를 맞추어 합창하듯이 합송을 할 수도 있다. 또한 시극은 시 낭송 공연에서 빠뜨릴 수 없는 장르이다. 낭송 사이에 성악이나 고전무용을 끼워서 색다른 분위기를 연출해 보는 것도 창의적인 낭송 방법이지만 해마다 새로운 공연 태마가 중요하다

그러나 낭송의 기법보다는 문학성이 높고 감동이 되는 시를 올바른 해석과 완전한 이해로 수없이 많이 읽으면서 시가 자신의 마음에서 울려 나오게 해야 한다. 시극, 퍼포먼스, 음악과 함께 하는 종합예술의 낭송시대로 발전해 가고 있는 것은 시대적 변천의 흐름이라고 볼 수 있다.

시를 정의할 때 사전적 의미로만 본다면 '문학의 한 장르로 자연과 인생에 대한 감흥, 사상 등을 함축적, 음률 적으로 표현한 글'이다. 詩라는 한자어는 말씀 '언. 절 사', 절제되고 정제된 언어이면서 깨달음과 감동을 전하는 말이라는 뜻이라고 볼 수 있다.

무대

하늘에 높이 뜬 달이 지구의 바닷물을 끌어당기듯 낭송자는 청중을 이끌고 청중과 함께
호흡할 수 있는 것이 무대인 것이다.

예시

꽃 / 김춘수

내가 그의 이름을 불러 주기 전에는
그는 다만 하나의 몸짓에 지나지 않았다.
내가 그의 이름을 불러 주었을 때,
그는 나에게로 와서 꽃이 되었다.
내가 그의 이름을 불러 준 것처럼
나의 이 빛깔과 향기에 알맞은
누가 나의 이름을 불러다오.
그에게로 가서 나도
그의 꽃이 되고 싶다.
우리들은 모두
무엇이 되고 싶다.
너는 나에게 나는 너에게
잊혀지지 않는 하나의 눈짓이 되고 싶다.

좋은 목소리 만들기

좋은 목소리란, 듣기 좋은 목소리다. 아름답고 건강한 목소리를 말할 수 있을 것이다. 즉 포근하고 안정적 친밀감이 느껴지며 아름다운 목소리는 차분하고 호감이 가는 편안한 소리를 말할 수 있다. 소리 공학 연구소 전문가들에 의하면 좋은 목소리는 풍부한 하모닉스가 기본 주파수에 배음이 많이 섞여 있는 것이라고 말했다.

호흡 + 성대 진동 + 공명의 조화로운 연습이 필요하다. 좋은 목소리는 귀중한 재산이므로 평소 녹슬지 않도록 지속적 관리가 필요하다고 본다. 평소 더듬거나 발음이 어눌할 때는 안면 근육 스트레칭으로 효과적 발음을 가져올 수 있다. 말을 오래도록 하지 않을 경우에는 글을 읽을 때, 묵독 아닌 소리 내어 또랑또랑 읽어보는 것 또한 도움이 될 수 있다.

1. 목소리 다듬기

목소리 아름답게 바꿀 수 있을까?

발성훈련을 하면 목소리가 조금씩 변하는 것을 느낄 수가 있다.

발성 연습을 통하여 개성에 따라 누구나 좋은 목소리를 가질 수 있다.

자기 목소리 진단하기, 선천적으로 좋은 목소리를 타고난 사람들도 많지만 각자 개성을 살려서 노력하면 좋은 목소리로 변한다.

2. 음의 4대 요소

  ㄱ. 음질

  ㄴ. 음량

  ㄷ. 음폭

  ㄹ. 음색

3. 발음 체조

정확한 발음 훈련 필수 시 낭송에 있어 정확한 발음은 기본이다. 분명하면서도 또렷한 발음을 위해 낭송 가는 부단한 연습이 필요하다. 자신의 목소리 음색을 찾아라.

  ㄱ. 입술 풀기

  ㄴ. 혀 체조

  ㄷ. 안면 근육 체조

  ㄹ. 턱 체조

  ㅁ. 목 체조

4. 발음 연습 시 주의할 사항

   ㄱ. 능동부를 편안하게 하고 입술, 혀, 아래턱을 부드럽게 해야 한다.

   ㄴ. 입을 크게 벌리고 입 모양을 바르게 한다.

   ㄷ. 공명 부위를 생각하고 턱이나 가슴을 내밀지 않도록 해야 한다.

   ㄹ. 발음이 꼬이지 않도록 평소에 안면 근육 운동을 해야 한다.

   ㅁ. 예쁘게 낭송하려고 지나치게 의식을 하면 목, 아래턱에 힘이 들어감으로써 가성, 인위적인 소리로 발음이 부적절해질 수도 있다.

   ㅂ. 발성 연습을 할 때, 입 모양을 편안히 하고 가슴에서 자연스러운 소리가 나오도록 한다.

   ㅅ. 몸 전체에 힘이 들어가지 않게 하고, 구강과 인후를 부드럽게 이용한다.

5. 소도구 활용 운동

   ㄱ. 나무젓가락 물고 말하기

   ㄴ. 탁구공 물고 말하기

   ㄷ. 요구르트 병 물고 말하기

6. 혀, 입술 턱 운동

혀 : 가갸, 나냐, 달댤, 덜뎔, 돌됼, 둘듈, 랄럐, 럴렬, 롤룔, 룰률

입술 : 마, 무, 모, 묘, 뮤, 뫼, 뭐, 매, 메, 뭐, 며, 뱌, 뷰, 뵈, 뷔, 배, 베

턱 : 카, 카커커, 코코, 큐큐, 키키, 카캬캬, 칵칵칵, 컥컥컥

7. 발음 훈련

경음과 격음 체크하기, 문장 분석을 하며 의미 전달과 띄어 읽기 훈련을 통해 틀리기 쉬운 발음 경음과 격음을 체크한다.

   경음 – 맑고 깨끗하며 가락이 높은 소리로 조음 기관에 강한 근육, 긴장을 일으켜 발음하는 자음

   격음 – 공기를 세게 내뿜어 거세게 나오는 장애음 애와 에, 외와 왜, 습관적인 표준 발음 다듬기 자기가 듣는 소리는 실제와 다르다.

하여 자신의 목소리를 녹음하여 분석하고 관찰한다.

진지한 목소리와 건성으로 하는 목소리 각각 다르다.

자신의 소리 분석과 검증이 필요하다. 그것은 두개골과 연결된 청신경에 의한 소리와 공기를 통해 듣는 소리는 차이가 있다.

시 낭송 대회 출전 및 유의할점

1. 자신의 목소리의 맞는 적합한 시를 선택하였는가.
2. 시 낭송 표현은 적절한가.
3. 청중에게 감동을 줄 수 있는가.
4. 암송은 완전한가.
5. 심사 시 감점 요인은 없는가.
6. 시제와 의상 매치는 적합한가.
7. 시각적 이미지와 제스처는 자연스러운지 거울 보고 확인하기.
8. 단전과 가슴, 능동부를 자연스럽게 넘나들며 호흡법 익히기.
9. 음양과 여백은 표기 부호를 통하여 고저장단의 흐름을 탈 수 있는지.
10. 부적절한 발음은 없는지 점검하기.

시와 교감하여 공명한 후 감동한 시의 파장을 소리로 이루어, 듣는 이의 감성을 우려낼 때, 시는 낭송으로서 거듭났다고 할 수 있다.

막상 처음 무대에 서고 보면 어떻게 해야 할지, 제대로 했는지 생각이 전혀 나지 않는 경우도 있다. 시를 가까이하고 즐기던 사람들도 막상 시 낭송 대회 출전을 결심하게 되면 당황하게 되고 긴장되기 때문에 거듭 많은 연습이 필요하다.

시 낭송에도 기본이 있다. 시 낭송의 본질이 무엇인가는 충분히 알고 무대에 서는 것이 현명한 일이다. 제목과 이름 사이 이름과 본문 사이 목소리의 설정이 중요하다. 암송이 미약하면 서지 않는 것이 좋다.

시 낭송 대회 심사는 감동 지수와 발음 정확도, 시를 최대한 살릴 수 있는 의상이라든지 또한, 어색한 제스처는 오히려 감점될 수 있으며 시와 어울리는 포즈가 중요하다. 액세서리 철렁거리는 귀걸이는 피하는 것이 시와 낭송자의 어울리는 모습이라고 볼 수 있다. 또한 가성이 없어야 한다.

대회 기준은 종합적으로 결정지어 정한 것이므로 대회 참가자는 위와 같은 점을 유의하기 바란다.

대회 시 선택 요령

대회용 시는 주로 행사 주최 측에서 설정하여 공고한다. 그러나 대회 참가용 시는 그중에서도 작품성이 높은 것을 선택하는 것도 중요 하지만 우선 낭송자의 목소리와 시제가 하모니가 잘 이루어지는지를 먼저 확인하고 선정하는 것이 현명하다.

시인들은 많고 시인들이 쓴 시는 더더욱 많다.
시의 바다는 넓고 시어들은 어류만큼이나 때 지어 다니는 것 같지만 자신에게 맞는 한편의 명시를 찾아 낭송한다는 것은 쉽지 않다.
더구나 청중 앞에서는 몰입하지 않으면 시제를 놓칠 수도 있다 하여 낭송자는 바다 위에 작은 배처럼 마음이 너무 출렁이면 높은 점수를 기대하기 어렵다 최대한 차분하게 평소 실력으로 임해야 할 것이다.
역사성이 있는 시는 시류에 부응하여 일정 기간 유행하는 시가 아니다.
시대를 꿰뚫어 우리를 일깨우는 시. 울림을 가진 시를 찾아내는 것 또한 하나의 대회를 위한 과제라고 본다.

공인된 명시들은 일반인에게 친숙해져 공감대는 형성될 수 있으나 신선감이 부족할 수도 있다. 또한, 그 명시가 낭송용으로 적합하지 않을 수도 있다.
하여 요즘은 행사 주최 측에서 지정한 시제로 대회를 여는 것이 가장 현명하고 올바른 방법이라고 말할 수 있다. 출전자는 지정된 시에서 적합한 시를 발굴하여 낭송가의 정서와 목소리에 어울리는 시를 선택하여야 될 것이다. 그리고 나이와 성별도 감안하여 선택하는 것이 가장 현명한 선택이라고 볼 수 있다.

발음을 위한 파워 스킬 Power Skill

◆ 정확한 발성, 복식호흡 연습

1. 들이마실 때 배가 나오고 내쉴 때 배가 들어가게 함.
   10초 들이마시고, 10초 참고, 10초 내쉬고

2. 복식호흡 소리의 순서

   프 ⇨ 브 ⇨ 아 ⇨ 스

   ※ 숨을 들이쉬고, 숨을 내쉬면서 처음에는 10초, 20초, 30초로 진행
   최종적으로는 소리가 가장 길게 가도록~

1. 발성

발성 5단계 연습

아 ============ 20
아 ============ 40
아 ============ 60
아 ============ 80
아 ============ 100
도 ~ 레 미 파 솔 라 시 도 ~ 점점 높게
도 ~ 시 라 솔 파 미 레 도 ~ 점점 낮게

2. 발성 5단계 연습

단계	쓰임	성량	연습 문장
1단계	속삭임·귓속말	20	하나 하면 순이가 생각납니다.
2단계	일반적인 대화 상담 토론	40	둘 하면 아버지가 생각납니다.
3단계	강의·프레젠테이션·스피치	60	셋 하면 초가집이 생각납니다.
4단계	대중 연설	80	넷 하면 강물이 생각납니다.
5단계	큰소리·고함	100	다섯 하면 어머니가 생각납니다.

예시

거리의 악사 / 신승희

어느 날 폐 간이역, 낡은 벤치 앞에는
집시의 탄식이 촉촉이 흐른다
그는 해무에 휩싸인 섬처럼, 얼굴이 없다
베레모에 가린 채, 깊은 수염만이
소슬한 바람에 너울거릴 뿐,
악보는 영혼의 날개를 달고 허공을 메웠다.

가을비 스쳐 간 자리 거리의 악사
빗물 걷다간 창가, 아직 남은 눈물이 흐르고
애절히 녹여내는 음률은 놀 빛 몸 감은 갯가에
한 마리 백로를 보는 듯 지나가는 눈과 귀는
허공에 걸린 채, 뒤돌아보며 간다.

빛바랜 청바지 가난한 무대
어디든 어느 곳이든 관중이 있고 없고
별빛 따라 흐르는 거리의 악사
이끼 덮인 골짜기 흐르는 물처럼
저 홀로 취해 부르는 고독한 거리에서
재생되는 음반은 가을비를 닮았다.

우수수 한 줌 바람이 야속타
간간이 빗소리는 흐느끼는데
천상을 향한 별의 노래는
외방을 떠도는 가난한 무대
빈 가슴 헤집듯, 파고드는 집시의 탄식
어느 날의 폐 간이역, 거리의 악사

◈ 명심보감 한 토막

나를 착하다고 말해주는 사람은 곧 나의 도둑이요.

나를 악하다고 말해주는 사람은 곧 나의 스승이다.

잘한다는 말은 귀에 순하고,

잘못한다는 말은 귀에 거슬리게 마련이다.

그러나 칭찬하는 말에는 아첨이 들어 있기 쉽고

잘못을 지적해 주는 사람이야말로 내 잘못을 고쳐주는 스승인 것이다.

칭찬하는 말은 한때 기분은 좋을지 모르지만

나를 위하여 아무런 도움도 주지 못한다.

좋은 약은 입에 쓴 법이다.

잘못한다는 충고는 기꺼이 받아들여 잘못을 고치도록 힘써야 한다.

◈ 태공이 말하기를

부지런함은 '값진 보배요' 조심함은 몸을 보호하는 '부적이다'

또한, 고대 그리스의 소크라테스는 '너 자신을 알라'고 말하였고

영국의 근대 철학자인 베이컨은 '아는 것이 힘이다'라고 말했다.

공자는 '아는 것을 안다고 하고 모르는 것을 모른다고 하는 것, 이것이 진정으로 아는 것이다'라고 말씀하셨다.

원래 학문을 배우는 의의는 자신의 마음과 인격을 닦아 인생을 옳게 살려고 하는 데 있는 것이고 보면 시 낭송 또한 시를 통하여 내면의 정신적 세계관을 아름답게 가꾸는 피톤치드 같은 산소 역할로써 시 낭송으로 하여금 힐링의 시간을 갖는다는 것은 삶의 윤택한 시간이 아닐 수 없다. 하여 치유라고 해도 틀린 말은 아니라고 본다.

시 낭송의 무대 환경

시 낭송의 무대 환경

공연장의 규모는 관람객의 좌석 수에 따라 조절될 사항들이 있으며 마이크 위치나 조명의 밝기, 여러 가지 조명 색깔 등 확인하고 성능에 대한 지식도 가져야 한다. 드라이아이스를 사용할 경우 무대는 업그레이드될 수 있으나 매우 신경을 써야 하므로 주의가 필요하다. 핸드마이크, 스탠드 마이크, 핀마이크는 낭송자의 용도에 따라 낭송자가 설정한다.

장소 : 위치, 형태, 높이, 무대 장치 확인, 공연 시간, 공연테마는 관람객을 위한 작품 중심, 매년 새롭게 설정, 수준 및 범위를 고려하여 시 낭송과 함께하는 종합예술 공연으로 승화시켜 우아하고 격조 있는 감동의 무대로 다중에게 다가서야 한다.

음향 시설 : 성능, 종류, 조작 방법, 마이크 적당한 거리, 큰소리, 거센소리.
발음 ㅍ, ㅂ, ㅎ 등은 거리를 두고 발성한다.

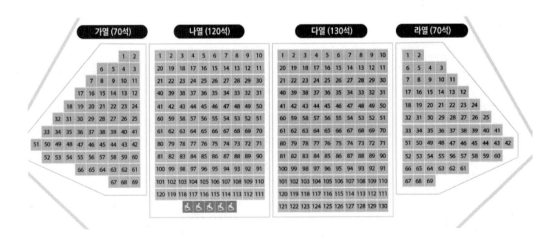

무대 환경 이해

시 낭송 음양과 고저장단

시에도 기승전결이 있고 오행처럼 우주 만물을 다룬다. 크게 세 부분으로 나뉘어 본다.
시의 내용 전개, 감정의 의기와 절정, 시의 품성과 색감.

1. 처음 시작의 부분은 내레이션을 하듯이 편안하게 책을 펼치듯 낭송한다. 그다음 감정
   의 위기와 절정에는 고저장단 속도로 그 감정을 표현한다.

2. 파도가 치듯, 폭우가 쏟아지듯, 눈물이 날듯, 기쁨과 환희가 넘치듯, 새가 하늘을 비
   상하듯 억새가 서곡이듯 그렇게 표현한다.

3. 마지막은 낮은음으로 조용히 정리하는 느낌으로 낭송한다. 그리고 무대에서 사라지는
   배우의 뒷모습처럼 여운을 남기듯 낭송한다.

예시

행복 / 유치환

사랑하는 것은
사랑을 받느니보다 행복 하나니라
오늘도 나는 에메랄드빛 하늘이 환이 내다뵈는
우체국 창문 앞에 와서 너에게 편지를 쓴다.
행 길을 향한 문으로 숱한 사람들이
제각기 한 가지씩 생각에 족한 얼굴로 와서
총총히 우표를 사고 전보 지를 받고
먼 고향으로 또는 그리운 사람께로
슬프고 즐겁고 다정한 사연들을 보내나니.
세상의 고달픈 바람결에 시달리고 나붓 끼어
더욱더 의지 삼고 피어 헝클어진 인정의 꽃밭에서
너와 나의 애틋한 연분도
한 망울 연연한 진홍빛 양귀비꽃인지도 모른다
사랑하는 것은 사랑을 받느니보다 행복 하나니라.
오늘도 나는 너에게 편지를 쓰나니
그리운 이여, 그러면 안녕!
설령 이것이 이 세상 마지막 인사가 될지라도
사랑하였으므로 나는 진정 행복하였네라.

표현 방법 설정

1. 발성
감정이입을 위한 목소리 조절, 어조, 울림의 폭의 결정.

2. 포인트 설정
적당한 감정 처리 가성 조심, 힘참, 고요함, 평화로움, 기쁨, 그리움, 잔잔함 등.

3. 템포 (tempo)
조절–적절한 시 낭송 속도, 시의 완급을 조정하여 추진력을 강화한다.

완급, 서정, 풍경, 슬픔, 생각, 강조, 다짐, 엄숙한 사실, 억압, 의혹, 인명, 숫자, 지명, 급박함, 격정, 기쁨, 이야기의 절정,

4. 리듬(rhythm)
시의 맥박이며 음색과 의미에 영향을 준다.

언어의 연속적인 유형의 정도로서 끊어지기도 하고 이어지기도 하는 기법으로 호흡과 기대를 배양하여 극적 상황에 대한 구체적 감동을 줄 수 있도록 응용한다.

5. 포즈(pause)
문장과 문장 사이의 쉬는 경우를 가리키며, 그 쉬는 동안에도 완전히 멎어 있는 것이 아니라 내면적으로는 음과 감이 흐르고 있어야 한다. 내면 창조의 기술로 생각의 바뀜, 정서의 변화 및 박자의 변화로 표현된다.

6. 실제
실제 낭송 전에 수행되어야 할 부분으로서 작가 연구 시대적 배경작품 분석, 과정을 거쳐 시인을 이해하도록 한다. 시어의 의미와 심상을 연구하고 상징 비유를 자기 것으로 해석하여 새로운 표현으로 개성적인 창출을 시도한다.

정형시의 구조

한시나 시조를 접해보면 자유시와 달리 음보를 쉽게 알 수 있다.
처음 시작에서부터 정해진 음보를 벗어날 수 없는 것이 정형시라고 할 수 있다.

예시
풍파에 놀란 사공 / 장만

풍파에 / 놀란 사공 / 배 팔아 / 말을 사니
구절 / 양장이 / 물 두곤 / 어려워라
이후란 / 배도 말도 말고 / 밭 갈기나 / 하리라

예시
동짓달 기나긴 밤을 / 황진이

동짓달 기나긴 밤을 한허리 베어내어
춘풍 이불 아래 서리서리 넣었다가
어른님 오신 날 밤 굽이굽이 펴리라

예시
묏버들 가려 꺾어 / 홍랑

묏 버들가지 꺾어 보내노라 님의 손에
자시는 창가에 심어 두고 보소서.
밤비에 새잎 곳 나거든 날인 가도 여기소서.

※ 이렇듯 시조를 읊어보면 정해진 음률을 타게 되는 것이 시조가 갖고 있는 음보이다. 또한, 상류 계층의 전유물이었던 시조를 조선 중기에 이르러 기녀들도 시를 짓고 읊었다는 것은 평민층까지 시조작가층이 확대될 수 있었던 계기를 마련한 것이라고 볼 수 있다. 이렇듯 조선 중기에는 황진이를 비롯하여 기녀 여류 문인들이 애틋한 명시조를 남겼다고 볼 수 있다.

　　　　　　　　　　　　　전문 시낭송 교실 · 신승희 시낭송 이론과 실제

권학문 주자훈 勸學文 朱子訓

오늘을 배우지 않아도 내일이 있다고 이르지 말며
금년에 배우지 않아도 내년이 있다고 이르지 말아라.
날과 달은 가고 해는 나와 함께 늙어지지 않으니
슬프다 늙어서 후회한들 이것이 뉘 허물이겠는가.
소년은 늙기 쉽고, 배움은 이루기 어려우니
일초의 시간인들 가볍게 여기지 말아라.
연못가에 봄 풀 꿈을 미처 깨지 못하여서
뜰 앞에 오동잎이 이미 가을 소리를 전하도다.

시조

아버님 날 낳으시고 / 정철

아버님 날 낳으시고
어머님 날 기르시니

두 분 곳 아니시라면
이 몸이 살았을까.

하늘같은 가없는 은혜
어디에다 갚아오리.

※ 누구나 쉽게 외울 수 있는 한시로서 간결한 구조의 느낌을 준다. 현세는 점점 기계화 적으로 변천할수록, 정서는 더욱 건조해지는 느낌을 우리는 부정할 수가 없다. 이 시대 꿈나무들의 초, 중 학생들에게 권하고 싶은 좋은 글이다

예시 시조

노도 / 신승희

떨어진 솔 씨처럼 백파에 앉은 너는
서포에 고독을 베고 누운 침묵의 섬
노을은 부겐빌레아 물비늘에 떨어진다.

만중의 번뇌처럼 샘터에 흐르는 물
삼백 년 전설 위에 구절초로 피었을까
늦가을 초옥 옛터에 단풍잎만 서러워라

예시

삶 / 푸시킨

생활이 그대를 속일지라도
슬퍼하거나 노화지 말라.
슬픔의 날 참고 견디면
머지않아 기쁨의 날이 오리니
현재는 언제나 슬픈 것.
마음은 미래에 살고
지나간 것은 모두가 그리워지느니라.

명시 탐구 명시 낭송

노래여 노래여 / 이근배

푸른 강변에서
피 묻은 전설의 가슴을 씻는
내 가난한 모국어
꽃은 밤을 밝히는 지등처럼
어두운 산하에 피고 있지만
이카로스의 날개 치는
눈먼 조국의 새여
너의 울고 돌아가는 신화의 길목에
핏금진 벽은 서고
먼 산정의 바람기에 묻어서
늙은 사공의 노을이 흐른다
이름하여 사랑이더라도
결코 나 뉘일 수 없는 가슴에
무어라 피 묻은 전설을 새겨두고
밤이면 문풍지처럼 우는 것일까

차고 슬픈 자유의 저녁에
나는 달빛 목금을 탄다
어느 날인가, 강가에서
연가의 꽃잎을 따서 띄워 보내고
바위처럼 캄캄히 돌아선 시간
그 미학의 물결 위에
영원처럼 오랜 조국을 탄주한다.
노래여
바람 부는 세계의 내안(內岸)에서
눈물이 마른 나의 노래여
너는 알리라

저 피안의 기슭으로 배를 저 어간
늙은 사공의 안부를
그 사공이 심은 비명의 나무와
거기 매어둔 피 묻은 전설을
그리고 노래여
흘러가는 강물의 어느 유역에서
풀리는 조국의 슬픔을
어둠이 내리는 저녁에
내가 띄우는 배의 의미를
노래여, 슬프도록 알리라

밤을 대안(對岸) 하여
날고 있는 후조
고요가 떠밀리는 야영의 기슭에서
병정의 편애(偏愛)는 잠이 든다.
그때, 풀꽃들의 일화 위에 떨어지는
푸른 별의 사변(思辨)
찢긴 날개로 피 흐르며
귀소하는 후조의 가슴에
향수는 탄흔처럼 박혀 든다.

아, 오늘도 돌아누운 산하의
외로운 초병(哨兵)이여
시방 안개와 어둠의 벌판을 지나
늙은 사공의 등불은
어디쯤 세계의 창을 밝히는가
목마른 나무의 음성처럼
바람에 울고 있는 노래는
강물 풀리는 저 대안(對岸)의 기슭에서

북위선 / 이근배『1964년《한국일보》 신춘문예 당선 시』

1.

서투른 병정은 가늠하고 있다.

목탄으로 그린 태양의

검은 크레파스의, 꽃밭의, 지도의

눈이 내리는 저녁 어귀에서

병정은 싸늘한 시간 위에 서 있다.

지금은 몇도 선상線上인가.

그리고 무수히 탄우彈雨가 내리던

그 달빛의 고지는 몇 도 부근이던가.

가슴에는 뜨거운 포도주

한 줄기 눈물로 새김하는 자유의

피비린 향수鄕愁에 찢긴 모자.

이슬이 맺히는 풀잎마다의 이유와

마냥 어둠의 표적을 노리는

병정의 가슴에 흐르는 빙하.

그것은 얼어붙은 눈동자와

시방 날개를 잃는 벽이었던가.

꽃이었던가.

2.

한 마리 후조가 울고 간

외로운 분계선分界線

산딸기의 입술이 타던 그 그늘에

녹슨 탄피가 잠들어있다.

서로 맞댄 산과 산끼리 강과 강끼리

역한 어둠에 돌아누운 실재實在여.

빈 바람이 고요를 흔들어 가는

상잔相殘의 동구洞口 밖에 눈이 내리고
어린 사슴의 목쉰 울음이
메아리쳐 돌아간 꽃빛 노을 앞에서
반쯤 얼굴을 돌린 생명이여.
사랑보다 더한 목마름으로
바라보아도 저기 하늘 찢긴 철조망.
한 모금 포도주의 혈즙血汁으로
문질러도 보는 이 의미의 땅에서
병정이여.
조국은 어디쯤 먼가.
눈먼 신화의 골짜기 나무는 나무대로
바람은 바람대로 소스라쳐 뒹굴던
뿌연 전쟁의 허리춤에서
성냥불처럼 꺼져간 외로운 자유.
그 이지러진 풍경 속에
오늘도 적멸寂滅의 눈이 내린다.

3.
누가 잃어버린 것일까.
황토 흙에 묻힌 군화 한 짝.
언어도 없는 비명碑銘의 돌아선 땅에서
누가 마지막 입맞춤 마지막 포옹을
묻어두고 간 것일까.
국적도 모르고 군번도 없는 채,
버리운 전쟁의 잠꼬대여
멀리 흐느끼는 야영의 불빛은
검은 고양이의 걸음으로 벽을 오르고,
후미진 밤의 분계선 근처에
병정의 음악은 차게 흐른다.
허나 돌과 나무 어느 하나도

손금처럼 따습게 매만질 수 없는

빙점의 북위선

작고 파닥이는 소조小鳥의 가슴처럼

피가 사위는 대안對岸이여.

세계가 귀대 이는 초소에서

오늘도 전단의 눈발을 맞는 간구懇求

그 목마른 안존安存 위에

떨리는 자유여 강하江河여

서투른 병정이 가늠한 두 개의 판도版圖.

검은 크레파스의 태양太陽의 꽃밭의

싸늘한 시간 위에서

병정이여 여기는

북위선 몇 도의 어둠 속인가.

눈이 내리는 찬 지경地境의

북위선 몇 도의 사랑 밖인가.

※ 우리는 한편의 대서사시를 통하여 어느 정도는 그 시대를 음미할 수 있다. 해방된 후, 얼마 되지 않아 1950년 6·25전쟁은 민족사의 최대 비극이었다.

한 마리 후조가 울고 간

외로운 분계선分界線

산딸기의 입술이 타던 그 그늘에

녹슨 탄피가 잠들어있다.

서로 맞댄 산과 산끼리 강과 강끼리

역한 어둠에 돌아누운 실재實在여.

6·25는 우리 민족에게 사상적 충돌과 '이념대립'으로 커다란 혼란을 가져왔으며 전쟁으로 인하여 휴전선을 가로 두고 남과 북, 한 맺힌 아픔을 노래하는 시가 어디 이뿐이겠는가?

누가 잃어버린 것일까.

황토 흙에 묻힌 군화 한 짝.

언어도 없는 비명碑銘의 돌아선 땅에서

누가 마지막 입맞춤 마지막 포옹을

묻어두고 간 것일까.

국적도 모르고 군번도 없는 채,

버리운 전쟁의 잠꼬대여

※ 우리는 이러한 전쟁의 시대를 거쳐 가난고개, 보릿고개, 농경시대에서 산업화 산업화에서 정보화 정보화에서 최첨단 스마트 시대까지 반세기를 넘어 한 세기를 향해 우리의 강물은 쉼 없이 흘러가고 있다. 하여 낭송가는 시의 구절구절의 아픔들을 노래처럼 가슴 깊이 온몸으로 표현할 줄 알아야 최소한 시인에 대한 예의이다. 전쟁으로 인한 경제적인 빈곤과 가치관의 혼란, 피를 묻힌 바람 속에서 동족상잔의 비극을 어찌 한줄기 시 한 편에 그 설움을 다 담을 수 있으랴!

예시

살다가 보면 / 이근배

살다가 보면
넘어지지 않을 곳에서
넘어질 때가 있다
사랑을 말하지 않을 곳에서
사랑을 말할 때가 있다
눈물을 보이지 않을 곳에서
눈물을 보일 때가 있다
살다가 보면

사랑하는 사람을
사랑하지 않기 위해서
떠나보낼 때가 있다
떠나보내지 않을 것을
떠나보내고
어둠 속에 갇혀
짐승스런 시간을
살 때가 있다.

어머니의 강 / 신승희

어머니!
혹한 바람이 내 창을 두드리는 겨울밤엔
다문다문 잊었던 당신을 떠올리게 합니다.
지난밤 꿈속에서 당신을 만나
한없이 울었던 기억도 깨어나 보니
이유도 없이 그냥 슬퍼서입디다.
어찌 그리도 서럽던지

아직도 그 설움, 채가시지 않은지라
노인들의 소식을 접할 때마다
문풍지 유난히 울던, 그해 겨울을 잊지 못합니다
푸른 별빛 스며드는 시린 문살엔
한지의 설움이 노래하고
새끼 줄 묶은 누런 초가지붕 아래
장작불 지피고도 추울세라
겉치마 하나 훌훌 말아서
문지방 막아 놓으시던 어머니
그 빛바랜 치맛자락
새삼 눈앞에서 흘러내립니다.

어머니, 오늘 같은 추운 밤이면
부르기에도 목이 메어오는 당신
반딧불 같은 기억 저편
바느질로 지새우던 섣달의 긴긴밤
애야 바늘귀 좀 끼워다오
등잔불 밑에 희미한 당신
이토록 가슴 저미게 하십니까.

평소, 인생무상이다
내 손이 내 딸이구나
이것이 무얼 의미하는 건지 그땐 몰랐지만
살아갈수록 되새겨지는 깊은 영혼의 파장
굳이, 그 음성 귀 기울이지 않아도
시시때때로 파도처럼 밀려옵니다.

살 속 깊이 파고든 무심의 강
그 무심한 등쌀에 밀려 그 소녀 역시도
바늘귀 좀 끼워 달라 시던 당신처럼
어느새 그 자리를 바라보는 언덕에 섰습니다.
그 무심이란 세월 한 모퉁이를 돌아
이 제사 알 것 같다는 말을 할 무렵
이미 살 속 깊이 전이된 세월 덧없음을
어머니, 어머니 당신은
그때 알고 계셨던 것입니다.

※ 삶의 한 모퉁이에 서서 바라보는 농경시대를 살다간 보릿고개 어머니!
강물처럼 지나가 버린 묵정 세월 저편에는 삼베 적삼에 은비녀의 어머니께서 절구통에 보리 방아를 찧
고 계시는 어머님의 모습이 언제나 떠오르곤 한다.

뿌리 깊은 나무가 나이테가 그냥 있는 것이 아니다.

큰 재목이 되기까지 실핏줄 같은 가느다란 숨결로 흙의 모세 혈관을 더듬어 물을 뽑아 올리기까지 그 긴 여정 속에는 어둠과 별빛, 광설이 몰아치는 혹한의 비바람과 뜨거운 여름날의 햇빛이 있었듯이 생이라는 단어를 앞에 놓고 한 번쯤 깊이 생각해보는 것 또 한 낭송자로서 효과적 음색을 낳을 수 있다고 본다.

'꽃은 피면 곧 시들고, 사람은 나면 곧 죽는다'는 옛 성인의 말씀처럼 부모와 자식은 하나의 강이 되어 유형과 무형으로 흐르고 있다는 것을 알아야 한다.

효가 근본이듯이, 하나의 뿌리가 이파리 무성한 나무로 숲을 이루게 하는 것처럼 낭송에 임하는 자기만의 연찬과 부단한 노력, 그리고 정신적 세계관이 중요하다.

정신이 건강해야 육신도 건강하다.

정신이 병들면 육신도 따라 병든다.

모든 것은 어떻게 생각하느냐에 따라서 보이는 것이 현실이다.

시의 효과적 이미지를 연출하기 위해서는 시대적 배경을 잘 살려야 하는 것은 물론, 음성 언어 소리 예술의 창의적 연구가 시 낭송가는 지속적으로 필요하다.

클라이맥스 살리기, 감정 바꾸기, 감정 토해내기, 머금고 들어가기, 한숨 위에 얹어 내뱉기, 한숨 잦아드는 소리 등으로 시제에 따라서 소리의 맛을 낼 줄 알아야 한다.

비화(*飛花) / 신승희

누가 너의 눈물을 아름답다고 했든가
거문고의 선율 같은 몸짓으로
신화의 선녀 같은 옷깃으로
무리 진 나비의 날갯짓으로
가는 곳 어딘지 몰라도 아름다운 작별
천 년이 흐른들 너의 마음 어찌 알랴

바람의 냉혹, 떨고 있는 숨결들
한가락 음률의 신음들을 누가 그리도 아름답다 했든가
허공에서 허공으로 어디로 가서 머물지 몰라도
싸늘한 흙 위에 싸락눈, 너의 이름은 비화(飛花)
숙명은 너를 내몰아 계절의 역사를 만들고
찬 서리 튼 살, 새의 발톱 자국
혹독한 긴 겨울 망울망울 잉태한 산고의 인내를
어찌 그리도 쉽게 보낼 수 있으랴

달무리 지는 저녁 답 파릇이 적시는 빗소리
분홍빛 연정 사월이 걷는 소리
오가는 행인들의 발걸음 소리, 노파의 기침 소리
애수의 잠기는 어느 시인의 미학적 선율
창백한 노을 앞에 식어가는 너의 뒷모습을
차마, 누가 꽃답다고 했든가
너의 이별의 몸부림까지도.

*飛花 : 바람에 흩어져 날리는 꽃잎

삶 / 신승희

폐지를 실은 리어카 한 대가 끙끙대며
가는 둥 마는 둥 오르막길 도로에서 얼쩡거리고 있다
빵! 빵빵! 그 빵빵대는 자동차 앞에서도
어눌한 동작은 비켜설 줄 모른다.

그는 굽을 대로 굽어서 상체가 없다
둔한 걸음과 하체만 보일 뿐,
백발은 엉성한 폐지에 기댄 채
도시의 매연과 소음을 담고
리어카에 상반신이 실려서 가고 있다

빌딩 모서리엔 상현 달빛 한 줄기
폐지위에 앉아 굽은 등을 만지며
말없이 실려 간다
한 잎, 낙엽 같은 밤
하얀 입김마저 고독을 이고 배고픈 저녁
백발 걸음이 쇠사슬처럼 무겁다

저만치서 가슴 깊이 파고드는 성당의 종소리
차고 어두운 도로 위에서 살기 위한 가쁜 숨소리
어쩜, 소리 없는 삶의 전투 현장일지도
황혼녘, 그의 마지막 텃밭일지도
아! 살아있으매…
당신의 굽은 등에서 모두의 등을 본다.

초혼 / 김소월

산산이 부서진 이름이여!
허공중에 헤어진 이름이여!
불러도 주인 없는 이름이여!
부르다가 내가 죽을 이름이여!

심중에 남아 있는 말 한마디는
끝끝내 마저 하지 못하였구나.
사랑하던 그 사람이여!
사랑하던 그 사람이여!

붉은 해가 서산마루에 걸리었다.
사슴의 무리도 슬피 운다.
떨어져 나가 앉은 산 위에서
나는 그대의 이름을 부르노라.
설움에 겹도록 부르노라.
설움에 겹도록 부르노라.
부르는 소리는 비껴가지만
하늘과 땅 사이가 너무 넓구나.

선 채로 이 자리에 돌이 되어도
부르다가 내가 죽을 이름이여!
사랑하던 그 사람이여!
사랑하던 그 사람이여!

※ 이 시에서처럼 같은 어휘가 반복될 경우 의미 처리를 잘 살려야 한다.
낭송자는 기초에서 아무렇게나 익히면 훌륭한 전문 시 낭송가로 거듭나기엔 매우 어렵다. 잘못된 습관
은 쉽게 고쳐지지 않기 때문이다.
전문가가 되려면 일정한 시기까지는 전문 시 낭송 지도사로부터 단계적 이론과 실제를 바탕으로 시로
해가 뜨고 시로 해가 지는 하루의 일상을 채워볼 필요가 있다.

사물이나 현상을 바라보는 견해를 넓혀서 해석하는 혼자만의 시간도 필요하다.

낭송에 있어서는 모든 사람이 공감할 수 있는 시제가 우선 좋은 소제라고 볼 수 있다. 그러나 아무리 좋은 소재의 시라고 할지라도 낭송자의 소리 예술의 음률이 없다면 살아서 움직이는 영혼으로 일어서지 못한다.

또 한, 낭송자는 가슴으로 낭송하지 않으면 듣는 이의 청각에 파장을 전달하지 못한다. 하여 낭송자는 반드시 관중에게 감동과 공감대를 불어 넣어야 만이 낭송자는 충분한 산소 역할을 한 것이라고 말할 수 있다.

하여 전문 시 낭송 가라면 본인의 소리를 분석할 줄 알아야 한다.

시 낭송작품(음원)을 많이 소장하고 있는 것도 그 사람의 내공이라고 볼 수 있다.

예시

산유화 / 김소월

산에는 꽃 피네 꽃이 피네
갈 봄 여름 없이 꽃이 피네

산에, 산에 피는 꽃은
저만치 혼자서 피어 있네

산에서 우는 작은 새여
꽃이 좋아 산에서 사노라네

산에는 꽃이 지네 꽃이 지네
갈 봄여름 없이 꽃이 지네

예전엔 미처 몰랐어요 / 김소월

봄가을 없이 밤마다 돋는 달도
예전엔 미처 몰랐어요.
이렇게 사무치게 그리울 줄도
예전엔 미처 몰랐어요.
달이 암만 밝아도 쳐다볼 줄을
예전엔 미처 몰랐어요.
이제금 저 달이 설움인 줄은
예전엔 미처 몰랐어요.

알 수 없어요 / 한용운

바람도 없는 공중에 수직(垂直)의 파문을 내이며
고요히 떨어지는 오동잎은 누구의 발자취입니까?
지리한 장마 끝에 서풍에 몰려가는 검은 구름의 터진 틈으로
언뜻언뜻 보이는 푸른 하늘은 누구의 얼굴입니까?
꽃도 없는 깊은 나무에 푸른 이끼를 거쳐서
옛 탑(塔) 위의 고요한 하늘을 스치는 알 수 없는 향기는
누구의 입김입니까?
근원은 알지도 못할 곳에서 나서 돌부리를 울리고
가늘게 흐르는 작은 시내는 굽이굽이 누구의 노래입니까?
연꽃 같은 발꿈치로 가이없는 바다를 밟고
옥 같은 손으로 끝없는 하늘을 만지면서
떨어지는 해를 곱게 단장하는 저녁놀은 누구의 시(詩)입니까?
타고 남은 재가 다시 기름이 됩니다.
그칠 줄을 모르고 타는 나의 가슴은
누구의 밤을 지키는 약한 등불입니까?

◆ 낭송가의 눈(시제 이해)

※ 이 시의 두 운에서는 그리움이 절절히 묻어나는 은유법의 여러 현상을 통해 자신의 내면의 세계를 비춰주고 있다. 그러면서 각운에 가서는 끊임없이 구도하는 자세로 그 절대자를 향해 작은 촛불에 비유하는 이 시어들을 음성언어 소리 예술가는 절절히 그 마음을 헤아려 심청 깊이 녹여내야 할 것이다.

그칠 줄을 모르고 타는 나의 가슴은
누구의 밤을 지키는 약한 등불입니까?

한용운 시인님의 깊은 내면에 묻어나는 이 언어들을 낭송자는 언어의 색감을 90%로 이상 담아낼 줄 알아야 만이 음성언어 소리 예술가로서 낭송가의 질적 수준이라고 볼 수 있을 것이다. 하여 낭송자는 부단한 연찬과 자기만의 개성으로 더욱 깊이 몰입하고 연구하여 시의 핵심을 음색으로 담아내는 것이 낭송가의 몫이다.

예시

사랑하는 까닭 / 한용운

내가 당신을 사랑하는 것은
까닭이 없는 것이 아닙니다.
다른 사람들은 나의 홍안만을 사랑하지마는
당신은 나의 백발도 사랑하는 까닭입니다.

내가 당신을 그리워하는 것은 까닭이
없는 것이 아닙니다.
다른 사람들은 나의 미소만을 사랑하지마는,
당신은 나의 눈물도 사랑하는 까닭입니다.

내가 당신을 기다리는 것은 까닭이
없는 것이 아닙니다.
다른 사람들은 나의 건강만을 사랑하지마는,
당신은 나의 죽음도 사랑하는 까닭입니다.

님의 침묵(沈默) / 한용운

님은 갔습니다.

아아, 사랑하는 나의 님은 갔습니다.

푸른 산빛을 깨치고 단풍나무숲을 향하여

난 작은 길을 걸어서 참아 떨치고 갔습니다.

황금의 꽃같이 굳고 빛나든 옛 맹세(盟誓)는

차디찬 티끌이 되어서, 한숨의 미풍(微風)에 날아갔습니다.

날카로운 첫 키스의 추억은 나의 운명의 지침(指針)을 돌려놓고

뒷걸음쳐서 사라졌습니다.

나는 향기로운 님의 말소리에 귀먹고,

꽃다운 님의 얼굴에 눈멀었습니다.

사랑도 사람의 일이라 만날 때에 미리 떠날 것을 염려하고

경계하지 아니한 것은 아니지만, 이별은 뜻밖의 일이 되고

놀란 가슴은 새로운 슬픔에 터집니다.

그러나 이별을 쓸데없는 눈물의 원천(源泉)을 만들고 마는 것은

스스로 사랑을 깨치는 것인 줄 아는 까닭에, 걷잡을 수 없는

슬픔의 힘을 옮겨서 새 희망의 정수 박이에 들어부었습니다.

우리는 만날 때에 떠날 것을 염려하는 것과 같이

떠날 때에 다시 만날 것을 믿습니다.

아아, 님은 갔지마는 나는 님을 보내지 아니하였습니다.

제 곡조를 못 이기는 사랑의 노래는 님의 침묵을 휩싸고 돕니다.

사랑의 존재 / 한용운

사랑을 사랑이라고 하면 벌써 사랑은 아닙니다.
사랑을 이름 지을만한 말이나 글이 어디 있습니까?
미소에 눌려서 괴로운 듯한 장밋빛 입술인들
그것을 스칠 수가 있습니까.

눈물의 뒤에 숨어서 슬픔의 흑 암면을 반사하는
가을 물결의 눈인들 그것을 비칠 수가 있습니까?
그림자 없는 구름을 거쳐서 메아리 없는 절벽을 거쳐서
마음이 갈 수 없는 바다를 거쳐서 존재, 존재입니다

그 나라는 국경이 없습니다. 수명은 시간이 아닙니다.
사랑의 존재는 님의 눈과 님의 마음도 알지 못합니다.
사랑의 비밀은 다만 님의 수건에 수놓은 바늘과
님이 심으신 꽃나무와 님의 잠과 시인의 상상과
그들만이 압니다.

※ 요즘, 사랑이라는 단어를 너무 쉽게 표현하고, 사랑이라는 말이 너무 흔한 세상인지도 모른다. 하지만 낭송자는 음성언어 소리 예술가답게 담담하고 애틋한 표현으로 감정 조절과 깊이 있는 시만큼이나 깊은 낭송을 해야 할 것이다. 낭송자는 낭송할 때만큼은 시의 주인공이 되어야 만이 이 언어들을 녹여낼 수가 있다고 본다.
"사랑의 존재는 님의 눈과 님의 마음도" 알지 못합니다.
이 부분에서도 건성으로 하면 무미건조하다 진솔함에 취해야 이 부분도 울림 있는 파장으로 감동을 안겨 줄 것이라고 본다.

별 헤는 밤 / 윤동주

계절이 지나가는 하늘에는

가을로 가득 차 있습니다

나는 아무 걱정도 없이

가을 속의 별들을 다 헤일 듯합니다

가슴속에 하나둘 새겨지는 별을

이제 다 못 헤는 것은

쉬이 아침이 오는 까닭이요,

내일 밤이 남은 까닭이요,

아직 나의 청춘이 다하지 않은 까닭입니다

별 하나에 추억과

별 하나에 사랑과

별 하나에 쓸쓸함과

별 하나에 동경과

별 하나에 시와

별 하나에 어머니, 어머니

어머님, 나는 별 하나에 아름다운 말 한마디씩 불러봅니다.

소학교 때 책상을 같이 했던 아이들의 이름과

패, 경, 옥, 이런 이국 소녀들의 이름과,

벌써 아기 어머니 된 계집애들의 이름과

가난한 이웃 사람들의 이름과,

비둘기, 강아지 토끼, 노새, 노루,

"프랑시스 잠" "라이너 마리아 릴케"

이런 시인의 이름을 불러봅니다.

이네들은 너무나 멀리 있습니다

별이 아스라이 멀 듯이

어머님,
그리고 당신은 멀리 북간도에 계십니다
나는 무엇인지 그리워
이 많은 별빛이 내린 언덕 위에
내 이름자를 써 보고
흙으로 덮어 버리었습니다
딴은, 밤을 새워 우는 벌레는
부끄러운 이름을 슬퍼하는 까닭입니다
그러나 겨울이 지나고 나의 별에도 봄이 오면
무덤 위에 파란 잔디가 피어나듯이
내 이름자 묻힌 언덕 위에도
자랑처럼 풀이 무성할 거외다

예시
서시 / 윤동주

죽는 날까지 하늘을 우러러
한 점 부끄럼이 없기를,
잎 새에 이는 바람에도
나는 괴로워했다
별을 노래하는 마음으로
모든 죽어가는 것을 사랑해야지
그리고 나한테 주어진 길을
걸어가야겠다.
오늘 밤에도 별이 바람에 스치운다.

목마(木馬)와 숙녀(淑女) / 박인환

한 잔의 술을 마시고
우리는 버지니아 울프의 생애와
목마를 타고 떠난 숙녀의 옷자락을 이야기한다.
목마는 주인을 버리고 그저 방울 소리만 울리며
가을 속으로 떠났다, 술병에서 별이 떨어진다.
상심(傷心)한 별은 내 가슴에 가벼웁게 부서진다.
그러한 잠시 내가 알던 소녀는
정원의 초목 옆에서 자라고
문학이 죽고 인생이 죽고
사랑의 진리마저 애증(愛憎)의 그림자를 버릴 때
목마를 탄 사랑의 사람은 보이지 않는다.
세월은 가고 오는 것
한때는 고립(孤立)을 피하여 시들어 가고
이제 우리는 작별하여야 한다.
술병이 바람에 쓰러지는 소리를 들으며
늙은 여류 작가의 눈을 바라다보아야 한다.
등대(燈臺)에 불이 보이지 않아도
그저 간직한 페시미즘의 미래를 위하여
우리는 처량한 목마 소리를 기억하여야 한다.
모든 것이 떠나든 죽든
그저 가슴에 남은 희미한 의식을 붙잡고
우리는 버지니아 울프의 서러운 이야기를 들어야 한다.
두 개의 바위틈을 지나 청춘을 찾은 뱀과 같이
눈을 뜨고 한 잔의 술을 마셔야 한다.
인생은 외롭지도 않고 그저 잡지의 표지처럼 통속(通俗)하거늘
한탄할 그 무엇이 무서워서 우리는 떠나는 것일까,
목마는 하늘에 있고 방울 소리는 귓전에 철렁거리는데
가을바람 소리는 내 쓰러진 술병 속에서 목메어 우는데…

에밀레종 / 김천우

누가 저 사연을 보고
천년의 세월이라고 했던가
골마다 깊어진 여운
산울림으로 되돌아와서
우리네 마음 한 자락
젖어 베게 하는가

한이 깊다면
차리리 혀 깨물어 피 흘리며
죽기나 할 것이지
살아 살아서 흔들어 놓는 너는
이 세상의 무엇을 말함인가
에밀레 에밀레

그 속 깊은 뜻이 어미 찾는 한이라면
저 심산유곡의 소쩍새나 되어
밤마다 울고 웃기나 할 것이지
산 그림자 드리운 서라벌 땅에
추억에 질린 산이 화석처럼 굳어
깨어나지 못할 마술에 걸린 채
이젠 울어도 성숙한 목소리가
안개로 묻힌다.

세월이 가면 / 박인환

지금 그 사람 이름은 잊었지만
그 눈동자 입술은
내 가슴에 있네.

바람이 불고 비가 올 때도
나는 저 유리창 밖
가로등 그늘의 밤을 잊지 못하지

사랑은 가고
옛날은 남는 것
여름날의 호숫가 가을의 공원

그 벤치 위에

나뭇잎은 떨어지고
나뭇잎은 흙이 되고
나뭇잎에 덮여서
우리들 사랑이 사라진다 해도

지금 그 사람의 이름은 잊었지만
그 눈동자 입술은
내 가슴에 있네.
내 서늘한 가슴에 있네

석굴암 관세음의 노래 / 서정주

그리움으로 여기 섰노라
호수와 같은 그리움으로
이 싸늘한 돌과 돌 사이
얼크러지는 칡넝쿨 밑에
푸른 숨결은 내 것이로다
세월이 아조 나를 못 쓰는 티끌로서
허공에 허공에 돌리기까지는
부풀어 오르는 가슴속에 파도와
이 사랑은 내 것이로다

오고 가는 바람 속에 지새는 나날이여
땅속에 파묻힌 찬란한 서라벌
땅속에 파묻힌 꽃 같은 남녀들이여
오 생겨났으면, 생겨났으면
나보다 더 나를 사랑하는 이
천년을, 천년을 사랑하는 이
새로 햇볕에 생겨났으면
새로 햇볕에 생겨 나와서
어둠 속에 날 가게 했으면
사랑한다고, 사랑한다고
이 한마디 말, 님께 아뢰고
나도 인제는 바다에 돌아갔으면

허나 나는 여기 섰노라
앉아 계시는 석가의 곁에
허리에 조그만 향낭을 차고
이 싸늘한 바위 속에서
날이 날마다 들이쉬고 내 쉬이는
푸른 숨결은 아 아직도 내 것이로다

국화 옆에서 / 서정주

한 송이의 국화꽃을 피우기 위해
봄부터 소쩍새는
그렇게 울었나 보다.

한 송이의 국화꽃을 피우기 위해
천둥은 먹구름 속에서
또 그렇게 울었나 보다.

그립고 아쉬움에 가슴 조이던
먼 – 젊음의 뒤안길에서
인제는 돌아와 거울 앞에 선
내 누님같이 생긴 꽃이여.

노란 네 꽃잎이 피려고
간밤엔 무서리가 저리 내리고
내게는 잠도 오지 않았나 보다

자화상 / 서정주

애비는 종이었다. 밤이 깊어도 오지 않았다.
파 뿌리같이 늙은 할머니와 대추꽃이 한 주 서 있을 뿐이었다.
어매는 달을 두고 풋살구가 꼭 하나만 먹고 싶다 하였으나
흙으로 바람 벽한 호롱불 밑에 손톱이 까만 에미의 아들.
갑오년이라든가 바다에 나가서는 돌아오지 않는다 하는
외할아버지의 숱 많은 머리털과
그 커다란 눈이 나는 닮았다 한다.

스물세 해 동안 나를 키운 건 팔 할이 바람이다.
세상은 가도 가도 부끄럽기만 하더라.
어떤 이는 내 눈에서 죄인을 읽고 가고
어떤 이는 내 입에서 천치를 읽고 가나
나는 아무것도 뉘우치진 않을란다.

찬란히 틔워오는 어느 아침에도
이마 위에 얹힌 시의 이슬에는
몇 방울의 피가 언제나 섞여 있어
볕이거나 그늘이거나 혓바닥 늘어뜨린
병든 숫캐 마냥 헐떡거리며 나는 왔다

흔들리는 풀꽃으로 서서 / 한석산

봄 햇살 가득한 언덕
아름다운 꽃을 피우기 위해서는
찬바람이 일고, 서릿발 섬뜩한
눈 쌓인 깊은 겨울을
맨발로 건너야 하는 꽃

눈, 비, 바람, 땡볕
온몸으로 받아내며
해와 달 별빛 바라 가꿔 피운
들꽃의 미소만큼
따사로운 이 땅의 뜨락에서
흔들리며 살아가는 삶이
어디 꽃뿐이더냐

나도 한 떨기 작은 풀꽃
채이고 밟히면서
때로는 휘거나
흔들리며 살아가야 하지만
너라고 어쩌겠느냐

비바람에 흔들리면서 생을 완성하는
민초들의 살아가는 모습인 것을
하루를 살더라도
향기가 꽃보다 고운
풀꽃처럼, 풀꽃처럼 오늘을 살고 싶다.

청산도 / 박두진

산아, 우뚝 솟은 푸른 산아

철철 철 흐르듯 짙푸른 산아

숱한 나무들, 무성히, 무성히 우거진 산마루에

금빛 기름진 햇살은 내려오고

둥둥 산을 넘어 흰 구름 건넌 자리 씻기는 하늘

사슴도 안 오고 바람도 안 불고, 넘엇 골 골짜기서 울어오는 뻐꾸기

산아, 푸른 산아

네 가슴 향기로운 풀밭에 엎드리면

나는 가슴이 울어라.

흐르는 골짜기 스며드는 물소리에

내사 줄줄 줄 가슴이 울어라

아득히 가버린 것 잊어버린 하늘과

아른아른 오지 않는 보고 싶은 하늘에

어쩌면 만나도 질 볼이 고운 사람이

난 혼자 그리워라

가슴으로 그리워라

티끌 부는 세상에도 벌레 같은 세상에도

눈 맑은, 가슴 맑은 보고 지운 나의 사람.

달밤이나 새벽녘, 홀로 서서 눈물 어릴 볼이 고운 나의 사람.

달 가고 밤 가고, 눈물도 가고, 티어 올 밝은 하늘 빛난 아침 이르면,

향기로운 이슬 밭 푸른 언덕을, 총총 총 달려도 와 줄

볼이 고운 나의 사람

푸른 산 한나절 구름은 가고

골 넘어, 골 넘어, 뻐꾸기는 우는데

눈에 어려 흘러가는 물결 같은 사람 속

아우성쳐 흘러가는 물결 같은 사람 속에

난 그리노라. 너만 그리노라

혼자서 철도 없이 난 너만 그리노라

바람의 언덕에서 / 신승희

살아가는 것은 다 바람이다
생을 사랑한다는 것은 바람 속을 걷는 일이다
벽을 타고 오르는 담쟁이로, 흔들리는 갈대의 몸짓으로
장대비 같은 폭우 속에서 휘적이는 날개의 젖은 모습으로
가끔은 태풍에 쓰러진 잣나무의 굽은 등으로
때로는 해일이 스쳐 간 잔해 위에 아이의 울음으로
비틀대는 바람 속의 숨 가쁜 걸음걸음들

한때, 모국어도 바람에 쓸려갔다 되돌아오지 않았든가
민초에서, 천하의 진시황도 떠난 것은 바람이다
심산유곡 산새로 지저귀는 것도, 바위 틈새 해풍을 먹고 사는 것도
한 잎 출렁이는 이파리같이 인연의 물결 따라 밀려왔다 밀려간다.
우리 모두 냉정한 바람에 실려 가는 구름 구름들이다

이래 스치고 저래 스치는 구름 구름들
이래 스치고 저래 스치는 바람, 바람들

저 하얗게 질색하는 절벽 밑 바위를 봐라
멋지고 잘생긴 수석의 볼을 "철썩, 때리고도
그것도 모자라 흰 거품을 물고 사방을 흩트리며
성난 용의 몸부림처럼 꿈틀대며 달려드는 파도
이 세상, 바람으로 생기는 일이다
우리 모두 바람 앞에 돌아가는 언덕에 풍차일 뿐이다

바다로 간 강물은 돌아오지 않는다 / 신승희

둥지 떠난 새들은 집을 잃었을까
고적한 침묵의 숲엔, 홀로선 나목이 외롭다
보일 듯 보이지 않고
잡일 듯 잡히지 않는 무형의 강
그 강물 속엔 너도 흐르고 나도 흐른다

어느 시인의 별 하나 그리움을 닮아가고
능 소화 전설처럼 담 너머 바라보는 꽃이 되었을까
빈 배의 사공 하현 달빛으로 분칠한 얼굴을 씻어본다

밤을 이고 하루가 가고
하루를 지고 달이 가고
그달을 묶은 열두 달은
삼백육십 다섯 날을 쉬지 않고 실어 나른다
오늘도 내일도 ...

목이 쉬도록 우는 바람아
아래로만 흐르는 강물아
수없는 계절이 땅에 눕고
수없는 시간이 바다로 간 뒤
백 년 강가에 이르면
비로소, 뜨거운 강의 의미를…

곰메바위 아리랑! / 신승희

어둠 속에 전설은 더욱 선명하다
한줄기 영롱한 빛을 따라
전설은 서투른 날갯짓으로
초저녁 흘리는 달빛 아래 퍼덕이고 있다
눈길 닿는 저곳, 영혼마저 걸린 달빛으로 서서
그리워 저물지 못한 저 – 산마루 시루봉
오백 년 아리랑이 허공에 가슴을 푼다.
웅산 정상에서 흐느끼는 달빛
침묵은 무거워 흐느끼는 볼에 눕고
비련의 아천자, 전설에 감기운채
희끄무레 스치는 작은 바람들
태어난 자리에서 우리는 누구인가
우뚝 솟은 시루봉이 소리치고 있다
아리랑, 아리랑 아라리요
밤하늘 곰메가 부르고 있다
조선이라는 태를 두르고 순종의 무병장수
명성황후 백일기도, 한 맺힌 역사가 전설 속에
흐느끼고 있다
곰메여, 한마디 말도 없는 곰 메여
웅산 정상에 묻힌 전설이여
외세의 말발굽에 짓밟혔던 아리랑이여
단 한 번, 흰 바람이라도 붙잡고
곰메의 가슴을, 풀어놓고 싶지 않은가
명성황후도, 비련의 아천자도, 할배 할매도
넋이 감겨 우는 거암 시루봉 곰메여
아리랑, 아리랑 아라리요
강물은 흐르고 있다
강물은 흘러도, 저 시리도록 푸른 별들
억만년 그 자리에 있었으리라
곰메여, 눈을 뜨고 말이다.

논개 / 여현 신승희

한 조각 세월을 베었든가
빛바래지지 않는 꽃잎
살아, 살아서 휘도는 너의 혼불은
어두운 밤, 빛의 향연으로 흐르고 있구나.

푸르디푸른 남강(南江) 저 홀로 솟은 바위
그대 한 잎 꽃잎으로 가을 강에 피었구나.

낙화한 숨결, 한 폭의 치맛자락
그대 숭고한 넋이여
그대 붉은 눈물이여
죽어서 태어난 이름이여
죽어서 살아있는 논개여

저문 노을 아래 스치는 발자취는
은빛 물비늘로 일렁이는 것을
아 서럽도록 노래하는 바람이여
이 세월 억만년 두고 흐른다 해도
그 한 맺힌 설움 어찌 잊힐 리야.

너를 찾는다 / 오세영

바람이라 이름한다.
이미 사라지고 없는 것들,
무엇이라 호명(呼名)해도 다시는 대답하지 않을 것들을 향해
이제 바람이라 불러본다.
바람이여,
내 귀를 멀게 했던 그 가녀린 음성,
격정의 회오리로 몰아쳐 와 내 가슴을 울게 했던
그 젖은 목소리는 지금 어디 있는가.
때로는 산들바람에, 때로는 돌개바람에,
아니 때로는 거친 폭풍에 실려
아득히 지평선을 타고 넘던 너의 적막한 뒷모습 그리고
애잔한 범종(梵鐘) 소리, 낙엽소리, 내 귀를 난타하던 피아노 건반
그 광상곡의 긴 여운
어느 먼 변경 척박한 들녘에 뿌리내려
민들레, 쑥부쟁이, 개망초 아니면 씀바귀 꽃으로 피어났는가.

말해다오.
강물이라 이름한다.
이미 잊혀진 것들
그래서 무엇이라 아예 호명조차 할 수 없는 것들을 향해
이제 강물이라 불러본다.
강물이여,
한 때 내 눈을 멀게 했던 네 뜨거운 시선,
열망의 타오르는 불꽃으로 내 육신을 황홀하게 달구던
그 눈빛은 지금 어디에 있는가,
때로는 여울에, 때로는 급류에, 아니 때로는
도도히 밀려가는 홍수에 실려

아득히 수평선을 가물가물 넘어가던 너의

쓸쓸한 이마, 그리고

어디선가 꽃잎이 지는 소리,

파도소리, 철썩이는 잔물결의 여운

어느 먼 외방의 썰렁한 갯벌에 떠밀려

뭍을 향해 언제나 귀를 쫑긋 열고 살아야만 하는가.

해파리, 민 조개, 백합 아니

온종일 휘파람으로 울다 지친 소라

말해다오, 구름이라 이름한다.

이미 돌이킬 수 없는 것들,

무엇이라 호명해도 다시 이룰 수 없는 형상들을 향해

나는 이제 구름이라 불러본다.

구름이여,

한때, 내 맑은 영혼의 하늘에 푸른 그늘을 드리우던

오색 빛 채운(彩雲)그 빛나던 무지개는 지금 어디 있는가.

때로는 별빛에 실려, 달빛, 아니 어스름한 어느 저녁 답,

스러지는 한 조각 노을에 실려

아득히 먼 허공으로 희부옇게 사라지던 너의 그 두 빈 어깨,

그리고 어디선가 내리치는 마른번개, 스산하게 흔들리는

나뭇잎 소리. 잔 기침소리 어느 먼 이역의 하늘로 불려가

흩뿌리는 싸락눈, 진눈깨비 아니

동토(凍土)에 떨어져 나뒹구는 우박이 되었는가.

말해다오 너를 찾는다. 바람이라는 이름으로

강물이라는, 구름이라는 이름으로

너를 부른다.

해 저무는 가을 저녁

찰랑대는 강가의 시든 풀밭에 홀로

망연히 앉아.

별까지는 가야 한다 / 이기철

우리 삶이 먼 여정일지라도
걷고 걸어 마침내 하늘까지는 가야 한다
닳은 신발 끝에 노래를 달고
걷고 걸어 마침내 별까지는 가야 한다.

우리가 깃든 마을엔 잎새들 푸르고
꽃은 칭찬하지 않아도 향기로 핀다
숲과 나무에 깃들인 삶들은
아무리 노래해도 목쉬지 않는다
사람의 이름이 가슴으로 들어와 마침내
꽃이 되는 걸 아는데
나는 쉰 해를 보냈다
미움도 보듬으면 노래가 되는 걸 아는데
나는 반생을 보냈다

나는 너무 오래 햇볕을 만졌다
이제 햇볕을 뒤로하고 어둠 속으로 걸어가
별을 만져야 한다
나뭇잎이 짜 늘인 그늘이 넓어
마침내 그것이 천국이 되는 것을
나는 이제 배워야 한다.
먼지의 세간들이 일어서는 골목을 지나
성사(聖事)가 치러지는 교회를 지나
빛이 쌓이는 사원을 지나
마침내 어둠을 밝히는 별까지는
나는 걸어서, 걸어서 가야 한다.

언제 삶이 위기 아닌 적 있었던가 / 이기철

껴입을수록 추워지는 것은 시간과 세월뿐이다.
돌의 냉혹, 바람의 칼날,
그것이 삶의 내용이거니
생의 질량 속에 발을 담그면
몸 전체가 잠기는 이 숨 막힘

설탕 한 숟갈의 회유에도 글썽이는 날은
이미 내가 잔혹 앞에 무릎 꿇은 날이다.
슬픔이 언제 신음소릴 낸 적 있었던가
고통이 언제 뼈를 드러낸 적 있었던가
목조 계단처럼 쿵쿵거리는,
이미 내 친구가 된 고통들

그러나 결코 위기가 우리를 패망시키지는 못한다
내려칠수록 날카로워지는 대장간의 쇠처럼
매질은 따가울수록 생을 단련시키는 채찍이 된다
이것은 결코 수식이 아니니
고통이 끼니라고 말하는 나를 욕하지 말라.

누군들 근심의 밥 먹고
수심의 디딤돌 딛고 생을 건너간다
아무도 보료 위에 누워 위기를 말하지 말라
위기의 삶만이 꽃피는 삶이므로

나는 생이라는 말을 얼마나 사랑했던가 / 이기철

내 몸은 낡은 의자처럼 주저앉아 기다렸다
그리움에 발 담그면 병이 된다는 것을
일찍 안 사람은 현명하다

나, 아직도 사람 그리운 병 낫지 않아
낯선 골목 헤맬 때 등신아, 등신아
어깨 때리는 바람 소리 귓가에 들린다

별 돋아도 가슴 뛰지 않을 때까지 살 수 있을까
꽃잎 지고 나서 옷깃에 매달아 둘 이름 하나 있다면
아픈 날 지나 아프지 않은 날로 가자
없던 풀들이 새로 돋고
안 보이던 꽃들이 세상을 채운다

아, 나는 생이라는 말을 얼마나 사랑했던가
그러나 지상의 모든 것은 한 번은 생을 떠난다
저 지붕들, 얼마나 하늘로 올라가고 싶었을까
이 흙먼지 밟고 짐승들, 병아리들 다 떠날 때까지
병을 사랑하자, 병이 생이다
그 병조차 떠나고 나면, 우리
무엇으로 밥 먹고 무엇으로 그리워할 수 있느냐

편복蝙蝠 / 이육사

광명을 배반한 아득한 동굴에서
다 썩은 들보와 무너진 성채의 너덜로 돌아다니는
가엾은 박쥐여! 어둠의 왕자여!
쥐는 너를 버리고 부잣집 곳간으로 도망했고
대붕도 북해로 날아간 지 이미 오래거늘
검은 세기의 상장이 갈가리 찢어질 긴 동안
비둘기 같은 사랑을 한 번도 속삭여 보지도 못한
가엾은 박쥐여! 고독한 유령이여!

앵무와 함께 종알대어 보지도 못하고
딱따구리처럼 고목을 쪼아 울리도 못하거니
마노보다 노란 눈깔은 유전을 원망한들 무엇하랴
서러운 주교 일사 못 외일 고민의 이빨을 갈며
종족과 홰시를 잃어도 갈 곳조차 없는
가엾은 박쥐여! 영원한 보헤미안의 넋이여!

제 정열에 못 이겨 타서 죽는 불사조는 아닐망정
공산 잠긴 달에 울어 새는 두견새 흘리는 피는
그래도 사람의 심금을 흔들어 눈물을 짜내지 않는가?
날카로운 발톱이 암사슴의 연한 간을 노려도 봤을
너의 먼 조선의 영화롭던 한 시절 역사도
이제는 아이누의 가계와도 같이 서러워라
가엾은 박쥐여! 멸망하는 겨레여!

운명의 제단에 가늘게 타는 향불마저 꺼졌거든
그 많은 새 짐승에 빌 붙일 애교라도 가졌단 말가?
호금조처럼 고운 뺨을 채롱에 팔지도 못하는 너는
한 토막 꿈조차 못 꾸고 다시 동굴로 돌아가거니
가엾은 박쥐여! 검은 화석의 요정이여!

내가 사랑하는 당신은 / 도종환

저녁 숲에 내리는 황금빛 노을이기보다는

구름 사이에 뜬 별이었음 좋겠어

내가 사랑하는 당신은

버드나무 실가지 가볍게 딛으며 오르는 만월이기보다는

동짓달 스무날 빈 논길을 쓰다듬는 달빛이었음 싶어.

꽃분에 가꾼 국화의 우아함보다는

해가 뜨고 지는 일에 고개를 끄덕일 줄 아는 구절초이었음 해.

내 사랑하는 당신이 꽃이라면

꽃피우는 일이 곧 살아가는 일인

콩꽃 팥꽃이었음 좋겠어.

이 세상 어느 한 계절 화사히 피었다

시들면 자취 없는 사랑 말고

저무는 들녘일수록 더욱 은은히 아름다운

억새풀처럼 늙어갈 순 없을까

바람 많은 가을 강가에 서로 어깨를 기댄 채

우리 서로 물이 되어 흐른다면

바위를 깎거나 갯벌 허무는 밀물 썰물보다는

물오리 떼 쉬어가는 저녁 강물이었음 좋겠어

이렇게 손을 잡고 한세상을 흐르는 동안

갈대가 하늘로 크고 먼 바다에 이르는

강물이었음 좋겠어.

시의 꽃 / 신승희

세상이란 숲속에는
수많은 꽃들이 있습니다
그중에서도 낭송의 꽃은
시인의 가슴과 가슴에서 피어난
애틋한 꽃들의 열매들입니다

망울져 오르는 꽃망울보다
화안이 웃어주는 동백의 열정보다
심층에서 피어나는 영혼의 꽃

솔잎 향기 감도는 언덕,
그 바람 온통 산소라 할지라도
다만 육신의 스치는 산소일 뿐
다만 피어서 아름다울 뿐
가슴과 가슴을 열어주는
그 꽃의 소리만 하겠습니까

시의 유형과 특징
소리 예술의 힘! 무대

시의 유형과 특징

◆ 정형시

먼저 정형시에 대해서 알아보자.

시구나 글자의 수, 배열순서, 운율 등이 앞에서 말한 바와 같이 일정한 형식적 제약 속에서 표현되는 시라고 보아야 할 것이다.

◆ 자유시

전통적인 운율, 일정하게 정해진 형식에 구애받지 않는다.

자유로운 형식의 시로써 현대에 와서 대중적 흐름을 가고 있다.

◆ 산문시

산문시는 행을 나누지 않은 산문 형식의 시로써 낭송자는 어휘 전달이 쉽게 닿을 수도 있다.

◆ 서정시

개인적인 감정과 주로 정서를 주관적으로 표현한 시이다.

◆ 서사시

국가나 민족의 역사적 사건과 관련된 신화나 전설 또는 영웅의 사적 등을 서사적으로 읊은 장시는 대회용으로 많이 암송하고 있다.

◆ 극시

서정시, 서사시와 더불어 시의 3대 장르의 하나로, 주로 희곡 형식으로 쓰여 연극적 요소를 가진 장편의 시이다. 또한, 사실주의 시 전원시 자연시 등이 있다.

정형시의 특징

시조 시의 구조 길이 발음상의 리듬, 이동이 일정한 형식적 제약 속에서 표현되는 시이다. 행수의 제약과 음성률, 음수율, 음위율, 등의 규칙이 있다.

하여 시조 시에서는 음보의 제재를 받음으로써 자유시와는 달리 동일한 음보의 시조이다. 낭송자는 여러 형태의 자유시와는 다르게 해석해야 한다.

시조 시에서, 소리의 강약, 장단, 고저, 음질 등의 말소리가 규칙적으로 반복되는 운율 음성률이 있기 때문이다.

시조 시에서, 음절의 수를 일정하게 되풀이하여 만드는 음수율, 음위율 일정한 위치에 일정한 음을 규칙적으로 반복하여 만드는 운율이 있다.

고전주의적 패턴의 시라고 볼 수 있지만 이러한 정형시의 음보에서 시조의 매력을 느끼게 한다.

예시

태산이 높다 하되 하늘 아래 뫼이로다
오르고 또 오르면 못 오를리 없건만은
사람이 재 아니 오르고 뫼만 높다 하드라

※ 정형시의 음절: 음량 기반 음절수가 시행 또는 시구 등에서 일정하게 배열 되어 있으며 시행의 음절수는 장단 또는 단장의 규칙을 지키고 있다. 이것이 시조의 미학적 매력인지도 모른다. 또한, 시행 수에 따라 정형의 종류가 정해지듯이 반복되는 음률이 특징이다.

◆ 자유시의 특징

자유시는 개방적 운율의 특성과 유기적 형식을 가지고 있다. 시행의 조화와 압축으로 자유시는 정서적 풍부한 잠재적 측면을 드러낸다. 자유시는 낭만적 패턴의 한 장르이기도 하지만 자유시는 일정한 음보를 가지고 있진 않다 낭송자의 설정에 따라 여러 형태의 색깔을 낼 수가 있다. 고정된 패턴을 따르지 않고 자유로운 리듬으로 사상과 정서를 표출한다.

◈ 자유시 리듬과 형식

시 자체의 호흡과 언어가 자연적으로 이루어내는 음성의 질서가 자유시이다. 자유시에서는 정해진 일정한 형식이 존재하지 않고 표현 내용의 따라 임의로 그 형식이 결정된다. 우리는 시를 쓰기 위한 유일한 방법으로 자유시를 주장하는 것은 아니다. 자유의 원칙을 찾는다는 뜻에서 자유시를 찾는다.

시인의 개성은 기성의 형식보다 자유시가 훨씬 표현하기가 수월하다고 믿는다. 시에 있어서 새로운 운율은 새로운 사상을 의미한다.

자유시는 사물이 고정된 운율보다 더욱 아름다운 리듬을 구성하거나 사물의 정서에 대하여 더욱 진실하고 중요한 것을 드러내고자 할 때 또한, 즉 규정된 강약의 운율법보다 더욱 적절하고 긴밀할 때 쓰인다.

◈ 자유시와 시조 - 그리고 소리

20세기 초에 서구의 자유시가 한국에 들어온 이후 시조는 뒷전으로 밀렸다고 말할 수도 있다. 시조는 정해진 음보를 탈피할 수는 없다. 그것이 정형시의 장점이라고도 할 수 있지만, 시대 흐름의 문학의 한 장르이고 보면 현대 문명의 문제들을 깊이 있게 파헤치는 데에는 한계가 있다고 말한다. 하여 21세기에 시조는 새로운 지평을 열고 도약해야 한다고 본다.

한편 자유시에 있어, 개성과 자유로운 정신, 논리와 형식을 초월하는 자율성 강조의 시점에서 음성언어 소리 예술의 시 낭송을 더욱 폭넓게 개선해 나갈 필요가 있다. 좋은 글은 인성에 산소 역할을 한다. 낭송자는 음성언어 소리 예술가로서 시의 내면에 흐르는 언어의 억양과 음색의 색조가 빚어내는 음질과 음폭, 개성을 잘 살려 시속에 그 음색을 담아낼 줄 알아야 한다.

이것이 언어 소리가 갖는 무형의 리듬이라고 볼 수 있다.

소리 예술의 힘!

오케스트라와 함께하는 시 낭송! 오늘날 현대사회는 보편적 가치보다 개성적 가치가 추구되고 있으며 다양화를 특징으로 하는 사회의 물결 속에서 음성언어 소리예술 또한 개성적이고 다양한 가치 성향의 낭송자들이 나름 등장하고 있다.

가수는 악보를 보고 한 편의 노래를 연습하지만 시 낭송자는 한 편의 시제를 호흡으로 설정하는 것은 호흡이 악보이기 때문이다. 그래서 표기 부호가 필요하다. 한 편의 시제를 수없이 읽으면서 시의 호흡과 템포를 설정하지만 짧은 시간에는 100% 녹여 낼 수가 없다 낭송자는 긴 시간을 두고 오래도록 연습하는 것이 좋은 낭송이 된다. 마치 김치가 발효되었을 때 깊은 맛이 나듯이 낭송자는 충분히 가슴으로 녹여낼 때 듣기 좋은 낭송으로 관중에게 다가서게 된다.

무대공연

◆ 〈시 낭송 가을 콘서트 〉 시극

보편적 가치 성향으로 대충, 일정한 형태 없이 내재율의 시적 리듬을 창조하는 것은 무리다. 낭송자는 그 시제의 배경에 따라 드라마틱하게 작품을 연구 분석하여 연출하는 것이 낭송가의 과제이며 낭송가의 몫이다. 배우는 몸으로 연기하고, 낭송가는 소리로 연기한다.

때와 장소에 따라서 읊어야 할 시제들을 수첩에 기록하며 아침에 눈을 떴을 때, 자기 전에도 한 번쯤 암송하는 것이 도움이 된다. 낭송자는 영혼에서 흘러내리는 한 가락의 노래처럼 애틋함이 묻어나야 그 시제의 주인공이 될 수 있다. 마치 비상하는 새의 날갯짓으로 낭송자는 시행의 조화와 음절 체계를 자유롭게 표현하는 양식이 필요하다.

하여 영혼의 날개를 다는 것은 시 낭송가로서 쉬운 일은 아니지만, 관중으로부터 감동과 정서적 치유를 느꼈다고 할 때 비로소 음성언어의 소리 예술가로서 함께 감동을 공유한다고 볼 수 있을 것이다.

읽을 때 발음 표현

낙화 / 조지훈

꽃이 지기로 소니 바람을 탓하랴
[꼬치]   [타타랴]

주렴 밖의 성긴 별:이 하나둘: 스러지고
귀:촉도 울음 뒤:에 머언 산이 다가서다

촛불을 꺼야 하리 꽃이 지는데
[촏뿌를]

꽃 지는 그림자 뜰에 어리어
[꼬찌는]

하이얀 미:닫이가 우련 붉어라
        [미:다지]

묻혀서 사:는 이의 고:운 마음을
[무처서]

아:는 이 있을까 저어하노니
꽃이 지는 아침은 울:고 싶어라

서시 / 윤동주

죽는 날까지 하늘을 우러러
[중는]
한 점 부끄럼이 없:기를,
　　　　　　　　[업:끼를]
잎새에 이:는 바람에도
[입쌔에]

나는 괴로워했:다.
　　　　　[해:따]

별:을 노래하는 마음으로
[벼:를 노래하는]

모:든 죽어가는 것을 사랑해:야지.
그리고 나한테 주어진 길을 걸어가야겠다.
　　　　　　　　　　　　　　[게따]
오늘 밤에도 별:이 바람에 스치운다.
[오늘 빠메도]

진달래꽃 / 김소월

나보기가 역겨워 가실 때에는
말:없이 고:이 보내 드리오리다

영변에 약산 진달래꽃
     [약싼]

아름 따다 가실 길에 뿌리오리다
     [가실끼레]

가시는 걸음, 걸음 놓인 그 꽃을
        [꼬츨]

사뿐히 즈려밟:고 가시옵소서
     [즈려밥:꼬] [가시옵쏘서]

나보기가 역겨워 가실 때에는
죽어도 아니 눈물 흘리오리다

시 낭송 퍼포먼스

예시 시극

어느 학도병의 편지 / 이우근

어머니,
나는 사람을 죽였습니다.
그것도 돌담 하나를 사이에 두고,
열 명은 될 것입니다.
나는 네 명의 특공대원과 함께
수류탄이라는 무서운 폭발 무기를 던져
일순간에 죽이고 말았습니다.

수류탄의 폭음은 나의 고막을 찢어버렸습니다.
지금 이 글을 쓰고 있는 순간에도 귓속에는 무서운 굉음으로 가득 차
있습니다. 어머니, 적들은 다리가 떨어져 나가고 팔이 떨어져 나갔습니다.
너무나 가혹한 죽음이었습니다.
아무리 적이지만 그들도 사람이라고 생각하니 더욱이 같은 언어와 같은
피를 나눈 동족이라고 생각하니 가슴이 답답하고 무겁습니다.

어머니, 전쟁은 왜 해야 하나요?
이 복잡하고 괴로운 심정을 어머님께 알려드려야
내 마음이 가라앉을 것 같습니다.
저는 무서운 생각이 듭니다.

지금 내 옆에서는 수많은 학우들이
죽음을 기다리는 듯 적이 덤벼들 것을
기다리며 뜨거운 햇빛 아래 엎드려 있습니다.
적은 침묵을 지키고 있습니다.
언제 다시 덤벼들지 모릅니다.
적병은 너무나 많습니다.

우리는 겨우 71명입니다.

이제 어떻게 될 것인가를 생각하면 무섭습니다.

어머니,

어서 전쟁이 끝나고 어머니 품에 안기고 싶습니다.

어제 저는 내복을 손수 빨아 입었습니다.

물내나는 청결한 내복을 입으면서 저는 두 가지 생각을 했습니다.

어머님이 빨아주시던 백옥 같은 내복과 내가

빨아 입은 내복을 말입니다. 그런데 저는 청결한

내복을 갈아입으며 왜 壽衣(수의)를 생각해냈는지는 모릅니다.

죽은 사람에게 갈아입히는 수의 말입니다.

어머니, 어쩌면 제가 오늘 죽을지도 모릅니다.

저 많은 적들이 그냥 물러갈 것 같지는 않으니까 말입니다.

어머니, 죽음이 무서운 게 아니라

어머님도 형제들도 못 만난다고 생각하니 무서워지는 것입니다.

하지만 저는 살아가겠습니다.

어머니, 이제 겨우 마음이 안정이 되는군요.

어머니, 저는 꼭 살아서 다시 어머님 곁으로 가겠습니다.

상추쌈이 먹고 싶습니다.

찬 옹달샘에서 이가 시리도록 차가운 냉수를 한없이 들이키고 싶습니다.

아! 놈들이 다가오고 있습니다. 다시 또 쓰겠습니다.

어머니 안녕! 안녕! 아, 안녕은 아닙니다. 다시 쓸 테니까요……

그럼……

※이우근의 편지를 통하여 6. 25 동족상잔의 아픔을 다시 한번 새기게 하는 이우근의 어머니께 보내는 편지, 전투가 끝난 후 국군 정훈 부대가 격전지를 수습하는 과정에서 형체를 알아볼 수 없을 정도로 훼손된 채 전사한 학도병 '이우근'의 주머니에서 편지를 발견했다. 편지는 읽기 힘들 정도로 피로 범벅이 되어 있었다고 한다.
6·25 당시 국군 인솔하에 전선에 배치된 학도 의용군의 나이는 기껏해야 17, 18세 중고등 학생들로서 의협심과 정의에 불타는 한창나이에 자유민주주의와 국가를 수호하기 위해 자발적으로 총을 들었고 용감히 싸우다 대부분 전사하고 말았다.

낙화 / 이형기 CD 영상

가야 할 때가 언제인가를
분명히 알고 가는 이의
뒷모습은 얼마나 아름다운가
봄 한철
격정을 인내한
나의 사랑은 지고 있다.
분분한 낙화···
결별이 이룩하는 축복에 싸여
지금은 가야 할 때,
무성한 녹음과 그리고
머지않아 열매 맺는
가을을 향하여
나의 청춘은 꽃답게 죽는다
헤어지자
섬세한 손길을 흔들며
하롱하롱 꽃잎이 지는 어느 날
나의 사랑, 나의 결별
샘터에 물 고이듯 성숙하는
내 영혼의 슬픈 눈

이미지 메이킹

무대 위에서는 한편의 작품을 소화하기에는 이미지가 중요하다. 보는 이로 하여금 시제와 가장 잘 어울리는 변신이 필요하다. 하여 낭송자는 소품과 여러 가지 무대복을 소장[所藏]할 필요성을 느낄 때가 많다. 관객은 듣는 청각에서도 감동을 받아야 하지만 눈으로 보는 이미지도 작품 속으로 끌어들일 줄 알아야 예술가이다. 예술적 감각이 살아있어야 작품 속의 인상을 심어 줄 수 있다.

작품 및 발음 점검

(1)"보고 싶습니다. 그래서 늘: 괴롭습니다."
　　　[십씀니다]　　　　　　[괴롭씀니다]

황혼의 거리에 서면 다방에도 가기 싫고 잠자리로 돌아가기도 싫습니다.
　　　　　　　　　　　　　　[실코][잠짜리]　　　　　[실씀니다]

무작정 걸을 수도 없:습니다.
　　　　　　　　[업:씀니다]

그렇다고 우두커니 섰을 수도 없:는 노릇입니다.
[그러타고]　　　　　　　　　[엄:는][노르심니다]

생각은 과학적 속력보다 놀:랍게 어느새 당신에게 가 있습니다.
　　　　　　　[송녁]　　　　　　　　　　　[이씀니다]

주체할 수 없:는 몸만이 방황합니다.
　　　　[엄:는]　　　　[함니다]

시를 사랑하는 것은 모국어를 사랑하는 것입니다.

(2)나는 보잘 것 없:는 사:람입니다. 자기 욕심을 만족시키려는 그런 잔인한
        [엄:는][사:라밈니다]   [욕씨믈]

인간으로 간:혹 생각되기도 합니다.
              [함니다]

손을 모아 성:모님께 우리의 앞날을 위해서 기도하십시오.
          [암나를]

나도 지금 손을 모아 부처님께 우리의 앞날을 기도를 하는 심정입니다.
            [암나를]   [임니다]

나는 옛 성:인들을 차별하지 않습니다.

(3)그곳 학교 주:변은 신록이 눈부시겠지요. 내가 직접 찾아가 봤던 만큼
           [실로기]

아침·저녁으로 교:문을 출퇴근하는 당신의 모습이 여기서도 역력히 보입니다
                      [영녀키][보임미다]

그날 당신이 찾는다던 양복을 못:보고 온 것을 후회합니다.
            [몯:뽀고]   [함니다]

그랬더라면 요즘 당신이 어떤 옷을 입고 있는가를 상:상하지 않아도 될뻔했:습니다.
                                [해:씀니다]

즉시 답장 주십시오. 나도 당신의 편:지를 받을 때마다 늘:기쁩니다.
[즉씨]   [기쁨니다]

춤추는 곰: 중에서 아직도 가장 나이 어린 '재롱 곰 '은 커다란 인기를
                    [아찍또]   [인끼]

모으고 있습니다. 하지만 그것도 얼마 남:지 않았습니다. 밤이 돼:서
                              [남:찌 아나씀니다]

새끼 곰이 다시 공원으로 끌려갈 동안   구:조대는 곰: 구:출작전을 막
                    [똥안]

시:작하려는 참입니다. 재롱 곰의 오늘 춤은 마지막 춤이 됐:습니다.
[시:자카려는]

주인들이 공원으로 돌아오기 전에 곰:들을 구:출하려면 구:조대는 최:대한

서둘러 일:을 끝내야 합니다.
              [끈내야]

어미 곰은 평생동안 낳:는 새끼는 겨우 몇 마리밖에 되지 않습니다.
          [평생똥안][난:는]   [면 마리]

그리고 새끼 곰은 적:어도 2:년 동안을 어미 곁에서 지냅니다.
                    [이:년 똥아늘]

따라서 사냥꾼들의 제:물이 되기가 쉽:습니다. 게다가 법적인 보:호장치
                                        [법쩌긴]

도 별로 없:습니다. 이들은 합법적인 사냥꾼들입니다.
          [하뻡쩌긴]

⑴이 괴:물은 가끔 마을에 내려와 양식이나 물건을 빼앗아 가기도 하고,
사:람들을 붙잡아 가기도 했다. 그 때문에 마을 사:람들은 늘 걱정을 하고,
　　　　　　[부짜바]　　　　　　　　　　　　[마을 싸람]　　　　[걱쩡]
두려움에 떨:며 살아야 했:다.
그러던 어느 날, 괴:물이 궁궐에 나타나서 임:금님이 가장 사랑하는 공주를
붙잡아 갔다 궁궐을 지키던 무:사들이 모두 달려들어 막았지만 괴:물의
[부짜바가따]　　　　　　　　　　　　　　　　[마가찌만]

엄청난 힘을 당할 수는 없:었다. 그저 바람 같이 사라지는 괴:물을
　　　　　　　　[당할쑤]　[업:써따]　　　　　　[가치]
멍:하니 쳐:다 볼 수밖에 없:었다. 임:금님은 공주를 되찾기 위해 여러
　　　　[처:다볼쑤바께]　[업:써따]

⑵방:송언어도 깊은 산의 계곡이나 해:변에서 볼 수 있는 자연석과 같아야 한다.
　　　　　　　　　　　　　　　　　　　　　[쑤]
그래야 일상언어에 대:해 타산지석의 구실을 할 수 있는 것이다.
　　　[일쌍]　　　　　　　　　　　　　　　　　[쑤]
음운의 법칙에 따라서 가:능하면 완벽해:야 하고, 모음 한 조각이나 자음
　　　　　　　　　　　　　[완벼캐:야]
한 조각이라도 떨어져 나가거나 찌그러지지 않은 완품이어야 하며, 잡석이
　　　　　　　　　　　　　　　　　　　　　　　　　　　　　[잡서기]
붙어 있거나 진흙 한 방울이라도 묻어 있어서는 곤:란하다.
　　　　　[진흑 칸 방우리라도]　　　　　　　[골:란하다]

어려운 말모둠

간장 공장 공장장은 강 공장장이고,
된장 공장 공장장은 공 공장장이다
내가 그린 기린 그림은 긴 기린 그림이고
네가 그린 기린 그림은 안 긴 기린 그림이다
중앙청 창살은 쌍 창살이고,
시청의 창살은 외 창살이다

멍멍이네 꿀꿀이는 멍멍해도 꿀꿀하고,
꿀꿀이네 멍멍이는 꿀꿀해도 멍멍하네.
경찰청 철창살이 쇠 철창살이냐 철 철창살이냐
저기 가는 상장사가 헌 상장사냐 새 상장사냐
옆집 팥죽은 붉은 팥죽이고,
뒷집 콩죽은 검은 콩죽이다.
들의 콩깍지는 깐 콩깍지인가 안 깐 콩깍지인가.
깐 콩깍지면 어떻고, 안 깐 콩깍지면 어떠냐.
깐 콩깍지나 안 깐 콩깍지나 콩깍지는 다 콩깍지이다.
상표 붙인 큰 깡통은 깐 깡통인가? 안 깐 깡통인가?
저서울특별시 특허 허가과 허가과장 허 과장 한국관광공사 곽진광 관광과장
대우 로열 뉴 로열 저기 계신 저분이 박 법학박사이시고, 여기 계신
이분이 백 법학박사이시다.

철수 책상 철 책상

신진 샹송 가수의 신춘 샹송 쇼우

고려고 교복은 고급 교복이고 고려고 교복은

고급 원단을 사용했다.

우리 집 옆집 앞집 뒤 창살은 홑겹 창살이고,

우리 집 뒷집 앞집 옆 창살은 겹 홑 창살이다.

작년에 온 솥 장수는 새 솥 장수이고,

금년에 온 솥 장수는 헌 솥 장수이다.

저기 저 뜀틀이 내가 뛸 뜀틀인가 내가 안 뛸 뜀틀인가

앞뜰에 있는 말뚝이 말 맬 말뚝이냐 말 안 맬 말뚝이냐

어머니의 강 1시집

바람의 언덕에서 2집

전문시낭송교실

시의 날개를 달고

SHIN SEUNGHUI / IN THE HILLS OF THE WIND

SHIN SEUNGHUI / IN THE HILLS OF THE WIND

SHIN SEUNGHUI / IN THE HILLS OF THE WIND

SHIN SEUNGHUI / IN THE HILLS OF THE WIND

IN THE HILLS OF THE WIND

詩

SHIN
SEUNGHEE

SHIN
SEUNGHEE

사단법인 한국명시낭송가협회
(전문시낭송 인간자격증 등록기관)   KNA 전문시낭송 소리예술 문화연구원
/ 경상남도교육원 특수분야 직무연수 지정기관)

20,000원

전문 시낭송 교실 신승희 시낭송 이론과 실제

초판 1쇄	2020년 04월 14일
지은이	신승희
그림	신승희
발행인	김재홍
발행처	도서출판 지식공감
등록번호	제2019-000164호
주소	서울특별시 영등포구 경인로82길 3-4 센터플러스 1117호 (문래동1가)
전화	02-3141-2700
팩스	02-322-3089
홈페이지	www.bookdaum.com
이메일	bookon@daum.net
가격	20,000원
ISBN	979-11-5622-499-0 93800
CIP제어번호	CIP2020013895

이 도서의 국립중앙도서관 출판예정도서목록(CIP)은 서지정보유통지원시스템 홈페이지(http://seoji.nl.go.kr)와 국가자료공동목록시스템(http://www.nl.go.kr/kolisnet)에서 이용하실 수 있습니다.